R.L. STINE

Chair de poule®

Sous-sol interdit

Traduit de l'américain
par Nathalie Vlatal

Dixième édition

bayard jeunesse

Titre original
GOOSEBUMPS n° 2
Stay out of the Basement

Loi n° 49-956 du 16 juillet 1949
sur les publications destinées à la jeunesse
Dépôt légal mars 2001

ISBN : 978-2-7470-5940-4

Avertissement

Que tu aimes déjà les livres ou que tu les découvres,
si tu as envie d'avoir peur, **Chair de poule** est pour toi.

Attention, lecteur !

Tu vas pénétrer dans un monde étrange
où le mystère et l'angoisse te donnent rendez-vous
pour te faire frissonner de peur… et de plaisir !

1

– Attrape, P'pa, cria Michaël en lançant le Frisbee rouge de l'autre côté de la pelouse.
Son père grimaça, gêné par l'éclat du soleil.
– Pas aujourd'hui, j'ai du travail, dit-il sèchement en rentrant dans la maison.
– Qu'est-ce qu'il a ? demanda Michaël à sa sœur Jane en repoussant nerveusement la mèche qui pendait sur son front.
– Tu le sais bien ! répondit-elle calmement.
Elle s'essuya les mains sur son jean et récupéra le Frisbee.
– Je vais jouer un peu avec toi, poursuivit-elle.
Jane était désolée pour Michaël. Elle le savait si attaché à leur père.
Ensemble ils jouaient souvent au tennis, au foot, aux jeux électroniques… Mais, depuis quelques semaines, le docteur Brouwer n'avait guère de temps !
Jane constata qu'elle aussi était triste. Son père avait également changé à son égard. Il lui adressait à peine

la parole. « Il ne m'appelle plus Princesse », regretta-t-elle.

Elle avait beau détester ce surnom, dans sa bouche, c'était une marque d'affection.

Jane envoya le Frisbee, mais elle rata son coup. Il vola bien au-dessus de la tête de son frère.

– Ramasse-le, ordonna-t-il furieux, en mettant les mains sur ses hanches.

– Vas-y toi-même !

– Pas question.

– Michaël, tu as douze ans. Ne fais pas comme si tu en avais deux !

– Si j'en ai deux, toi t'en as un, grogna-t-il en allant chercher le disque.

« Tout ça, c'est de la faute de papa, pensa Jane, amèrement. L'atmosphère est tellement tendue ici depuis qu'il s'enferme dans le sous-sol avec ses plantes et ses appareils bizarres. C'est à peine s'il prend le temps de monter s'oxygéner un peu. Maman aussi l'a remarqué. Je sens bien qu'elle est inquiète ! »

– Mais fais attention cette fois ! avertit Michaël.

– De toute façon, j'en ai assez. On rentre ?

– Papa a plus d'endurance que toi et il vise mieux. Tu joues comme une mauviette !

– Fiche-moi la paix !

– Pourquoi papa a-t-il été licencié ? demanda tout à coup Michaël.

Son visage parsemé de taches de rousseur devint soudain sérieux.

– Hein ? s'étonna Jane en fronçant les sourcils.

Elle ne s'attendait pas à cette question.
– Tu sais pourquoi ? insista-t-il, visiblement troublé par l'embarras de sa sœur.
Jane et son frère n'avaient encore jamais abordé ce sujet. Pourtant il les préoccupait autant l'un que l'autre…
– Nous avons déménagé ici pour que papa puisse travailler à l'université, c'est bien ça, non ? poursuivit Michaël.
– Ben, c'est que… papa… a été viré, chuchota Jane.
– Pourquoi ? Il a fait sauter le laboratoire ?
L'idée que son père ait pu provoquer une explosion enchantait Michaël.
– Il n'a rien fait sauter du tout. Les botanistes étudient les végétaux, et ce n'est pas avec des plantes qu'on fabrique des bombes ! Je ne sais pas ce qui s'est réellement passé, continua-t-elle à murmurer. Mais j'ai surpris papa au téléphone avec son patron, monsieur Martinez. Tu te souviens de lui ? Il est venu le soir où le barbecue a pris feu !
Michaël hocha la tête en signe d'approbation.
– Monsieur Martinez a renvoyé papa ?
– Je crois bien. D'après ce que j'ai compris, ce serait à cause des plantes que papa a fait pousser. Ses expériences auraient mal tourné. C'est tout ce que je sais. Allez, on rentre ? Je meurs de soif.
Elle tira la langue, comme pour montrer qu'elle avait besoin de boire.
– Ce que tu as l'air bête comme ça, dit Michaël en ouvrant la porte d'entrée.

– Qui est bête ? cria de la cuisine madame Brouwer. Elle était debout devant l'évier et décortiquait des crevettes.
« Maman a l'air fatiguée aujourd'hui, constata Jane en rentrant dans la pièce. Elle a pris un sacré coup de vieux ces derniers temps. »
Le téléphone sonna. Mme Brouwer se précipita dans le salon pour répondre. Jane se servit un jus d'orange et alla rejoindre son frère dans l'entrée. La porte du sous-sol, habituellement fermée lorsque le docteur Brouwer y travaillait, était entrouverte. D'un geste machinal, Michaël s'approcha pour la fermer. Il se ravisa.
– Si on descendait voir ce que fait papa ?
Jane hésita. Mais sa curiosité l'emporta. Elle savait que toutes sortes d'instruments et de plantes venaient d'être livrés à leur père.
Chaque jour il restait huit à neuf heures en bas, à faire des expériences…
Lesquelles ? Personne ne le savait. Le docteur Brouwer n'attendait peut-être qu'une seule chose après tout : qu'on lui manifeste de l'intérêt. Ou alors, il était vexé que personne ne descende jamais !
Jane poussa la porte et s'engagea la première dans l'escalier étroit.
– Papa, appela Michaël tout excité. Eh, Papa, on peut voir ?
Soudain le docteur Brouwer apparut. Il avait l'air furieux. Son teint semblait légèrement vert sous la lumière vive des halogènes. Il s'était blessé la main

droite. Quelques gouttes de sang avaient taché sa blouse blanche.
– Ne descendez jamais dans ce sous-sol, jamais ! hurla-t-il d'une voix que ni Jane ni Michaël ne lui connaissaient.
Les deux enfants reculèrent, surpris d'entendre leur père parler sur ce ton. Lui, d'habitude si doux, si gentil.
– Ne descendez jamais. Je vous l'interdis !…

2

Quinze jour plus tard, madame Brouwer devait s'absenter.
– Je suis prête, dit-elle en posant ses deux valises dans l'entrée.
Personne ne lui répondant, elle passa la tête dans l'embrasure de la porte du salon.
– Vous pourriez tout de même arrêter la télé pour embrasser votre mère.
Dociles, Jane et Michaël se levèrent d'un bond. Diana Morgan, l'amie de Jane, était avec eux et les suivit.
– Vous partez pour combien de temps ? demanda cette dernière en fixant les valises pleines à craquer.
– Je ne sais pas. Ma sœur est entrée à l'hôpital ce matin. Je resterai avec elle jusqu'à ce qu'elle aille mieux.
– Eh bien, je serai ravie de garder Jane et Michaël, plaisanta Diana.
– Je ne m'inquiète pas pour eux, répondit madame

Brouwer en jetant un coup d'œil à sa montre, mais plutôt pour mon mari.

– Ne t'en fais pas, la rassura Jane. Nous prendrons soin de lui.

– Veillez à ce qu'il se nourrisse correctement. Il est tellement obsédé par son travail qu'il en oublie de manger !

« Ce sera vraiment barbant ici sans maman. Papa est devenu si irritable », regretta Jane.

– Hum… ne t'inquiète pas, fit-elle à voix haute en se forçant à sourire. Occupe-toi bien de tante Hélène.

Des pas retentirent dans l'escalier. Le docteur Brouwer apparut. Il enleva sa blouse et la suspendit sur la rampe. Sa main, blessée il y a deux semaines, était encore bandée.

– Allons-y, dit-il agacé.

Madame Brouwer embrassa une dernière fois ses enfants.

La voiture s'éloigna dans l'allée.

Michaël saisit la télécommande de la télévision et mit son film préféré. Diana s'affala sur le divan, un paquet de chips à la main.

– J'ai une tonne de devoirs à faire, souffla-t-elle.

– Si on révisait ensemble ? proposa Jane, sachant que son amie était bien meilleure élève qu'elle.

– Si tu veux… Dis donc, ton père avait l'air bien nerveux tout à l'heure.

– Comment ça, nerveux ?

– Nerveux, c'est tout. Au fait, il va bien depuis son licenciement ?

– Je crois, répondit Jane d'un ton peiné. Enfin, je ne sais pas vraiment. Il passe tout son temps au sous-sol à faire des expériences.
– Des expériences ? De quoi ? Si on allait voir ?
Diana adorait les sciences. Les sciences et les maths. Les deux matières que Jane, elle, détestait le plus. « C'est Diana qui aurait dû naître dans la famille Brouwer, se lamenta-t-elle. Peut-être que papa lui aurait prêté plus attention qu'à moi… »
– Allez, viens, insista Diana. J'ai tellement envie de voir ce que ton père fabrique en bas !
– Il a essayé de m'expliquer ce qu'il faisait, mais je n'ai rien compris.
– Taisez-vous, s'énerva Michaël les yeux rivés sur l'écran de télé.
– Il est peut-être en train de mettre au point un Frankenstein ou un autre monstre, continua Diana. Ça serait génial !
– Silence ! hurla Michaël, excédé.
– Il a toutes sortes d'appareils et de plantes, dit Jane mal à l'aise. Mais il nous a interdit d'y aller.
– Oh là là, c'est top secret ! ironisa Diana dont les yeux vert émeraude brillaient d'excitation. On va seulement jeter un coup d'œil.
– Non, refusa fermement Jane.
Elle ne pouvait oublier le ton sur lequel son père leur avait parlé deux semaines auparavant.
– Tu as la trouille ou quoi ?
– Non, je n'ai pas peur, seulement….
– Tu n'es qu'une froussarde, interrompit Diana en se

dirigeant vers la porte du sous-sol.
– Arrête, cria Jane en suivant son amie.
– Eh ! attendez-moi, dit Michaël, soudain intéressé. Je viens avec vous. Et c'est moi qui descends le premier.
– Pourquoi tiens-tu tellement à y aller ? Tu sais bien que c'est interdit, Diana ! implora Jane.
– C'est mieux que de faire ses devoirs de maths, non ?
Jane soupira, vaincue.
Michaël ouvrit la porte. Les enfants s'avancèrent dans l'escalier. Un air humide et chaud les enveloppa. Ils entendirent le bourdonnement des appareils électroniques et distinguèrent sur leur droite une lumière.
« C'est plutôt marrant, pensa Jane. Après tout il n'y a rien de mal à vouloir jeter un simple coup d'œil. »
Soudain son cœur se mit à battre étrangement fort.
Pourquoi frissonnait-elle ?
Était-ce la peur ?

3

– Dis donc, ce qu'il fait chaud ici !

Au fur et à mesure que les enfants descendaient, l'air devenait de plus en plus irrespirable. Jane suffoquait. Le brusque changement de température était difficilement supportable.

– Quelle moiteur, commenta Diane à son tour. Remarquez, c'est bon pour les cheveux et la peau ! ironisa-t-elle.

– Nous venons d'étudier les forêts tropicales en classe, dit Michaël. Papa fait peut-être pousser des arbres de ce genre-là !

– Ça se pourrait bien, admit Jane, peu convaincue.

Pourquoi se sentait-elle si bizarre ? Était-ce parce qu'elle désobéissait à leur père ?

Elle resta un peu en retrait, sur les marches de l'escalier, regardant le sous-sol. Celui-ci était divisé en deux grandes pièces rectangulaires. À gauche, tout était plongé dans l'obscurité. On pouvait à peine distinguer les contours d'une vieille table de ping-pong.

À droite, le laboratoire était vivement éclairé par de grosses lampes halogènes.
– Oh, regardez ! s'enthousiasma Michaël.
Il écarquillait les yeux en s'avançant. Des dizaines de plantes hautes et brillantes, à la tige épaisse et aux larges feuilles, étaient placées côte à côte dans un énorme bac noir.
– On dirait une jungle ! s'exclama Jane, oubliant son appréhension.
Et c'était vrai. Certaines plantes étaient rampantes et feuillues. D'autres, avaient l'aspect de vrais arbres, mais avec de longues lianes pendant au bout de leurs branches. Il y avait aussi des fougères toutes fines et fragiles. Des racines noueuses émergeaient de-ci, de-là.
– C'est plutôt un marécage, nota Diane. Tu crois que ton père a vraiment fait pousser tout ça en quelques semaines ?
– Je ne crois pas, j'en suis sûre, affirma Jane en fixant les énormes tomates qui poussaient le long de tiges vertes.
– Oh, touche celle-là, dit Diane.
Jane vit que son amie caressait une grosse feuille plate ayant la forme d'une larme.
– On ne devrait pas toucher…
– Je sais, je sais… Touche-la seulement !
Jane accepta, à contrecœur.
– On ne dirait pas une feuille, fit-elle remarquer tandis que Diana allait examiner une grosse fougère. C'est lisse… comme du verre.

– Il fait trop chaud ici, gémit Michaël.
Il enleva son T-shirt et le laissa tomber sur le sol.
– Ouaou, les muscles ! le taquina Diane.
Michaël lui tira la langue. Soudain ses grands yeux bleus s'agrandirent : il semblait figé.
– Eh !
– Qu'est-ce qu'il y a ? s'inquiéta Jane en se précipitant vers lui.
– Celle-là... Regardez... Elle respire !
Il désignait une plante haute comme un arbre.
Diane éclata de rire. Mais Jane, elle, ne rit pas. Elle saisit son frère par les épaules et écouta. Oui, elle pouvait distinctement entendre cette respiration. On aurait dit qu'elle provenait de la grande plante feuillue.
– Qu'est-ce qui vous arrive ? demanda Diane en voyant l'expression ahurie de Jane et Michaël.
– Il a raison, confirma Jane. On l'entend respirer.
– Elle est peut-être enrhumée, elle a peut-être le nez bouché. Je n'entends rien, poursuivit Diana en constatant que sa plaisanterie tombait à plat.
Tous trois se turent pour mieux écouter.
– Elle... elle a arrêté, dit Jane.
– Ça suffit, protesta Diana, vous n'arriverez pas à me faire peur.
– Eh, regardez ça ! lança Michaël en s'approchant déjà d'une autre plante.
Il se tenait devant une grande cage en verre qui se trouvait un peu en retrait.
Elle ressemblait à une cabine téléphonique. À l'inté-

rieur, une tablette était fixée à hauteur d'épaules. La plante était posée dessus. De nombreux fils ressortaient à l'arrière et sur les côtés.
Ils étaient reliés à une autre cage en verre, identique à la première. Une sorte de générateur électrique se trouvait à mi-chemin.
– Qu'est-ce que ça peut bien être ? interrogea Diana en se plaçant près de Michaël.
– N'y touche pas, supplia Jane.
Elle regarda une dernière fois la plante qui respirait, puis les rejoignit.
– Surtout n'y touche pas.
Mais Michaël tendait déjà le bras vers la porte.
– Je… je veux juste voir si elle s'ouvre.
Il toucha la paroi et laissa échapper un cri d'horreur. Son corps tout entier se mit à vibrer. Sa tête était violemment secouée, ses yeux roulaient dans leurs orbites.
– Au secours ! parvint-il à articuler.
Son corps s'agitait de plus en plus vite.
– Aidez-moi ! Je ne peux plus m'arrêter !

4

– Aidez-moi !

Le corps de Michaël tremblait tellement fort qu'on aurait dit qu'il était parcouru par un puissant courant électrique.

– Je vous en supplie !

Jane et Diana le fixaient, pétrifiées. Jane fut la première à réagir. Elle se précipita sur Michaël, tendant le bras pour l'arracher de la porte à laquelle il était collé.

– Non ! hurla Diana, en la retenant. Ne le touche pas !

– Mais il faut bien faire quelque chose, s'affola Jane, désespérée.

Les deux filles mirent un moment à se rendre compte que Michaël avait cessé de se trémousser et… qu'il riait.

– Michaël ? demanda Jane, incrédule.

L'expression terrifiée de la jeune fille se changea en étonnement.

Immobile, Michaël s'appuyait contre la porte en verre. Un large sourire espiègle éclairait son visage.
– Je vous ai bien eues ! déclara-t-il avant d'éclater de rire en les montrant du doigt.
– Il n'y a rien de drôle ! fit Jane.
– Tu faisais vraiment semblant ? Je n'arrive pas à le croire ! protesta Diane.
Elle était aussi blanche que la lumière. Sa lèvre inférieure tremblait.
Jane et Diana attrapèrent Michaël, le firent tomber par terre. Sa sœur lui sauta dessus et se mit à lui chatouiller le ventre.
– Espèce de rat ! cria Diana.
La mêlée générale cessa brusquement. Quelqu'un venait de gémir à l'autre bout de la pièce. Tous les trois levèrent la tête et regardèrent dans la direction du bruit.
Pourtant, tout avait l'air calme.
– Qu'est-ce que c'était ? murmura Diana.
Ils écoutèrent et entendirent un autre gémissement. Faible, mélancolique, étouffé, il ressemblait à un souffle d'air passant dans un saxophone.
Les lianes d'une plante tombèrent soudain sur le sol, se tortillant tels des serpents. Une autre plainte s'éleva, triste et grave.
– Ce sont… les plantes ! dit Michaël, effrayé.
D'un geste brusque, il repoussa sa sœur et se mit debout.
– Les plantes ne pleurent pas et ne gémissent pas, fit remarquer Diane en observant les lianes.

Elles rampaient maintenant dans la pièce, de plus en plus nombreuses.

– Celles-ci, oui, précisa Jane.

Elles bougeaient à présent. On aurait dit des bras qui remuaient dans tous les sens. De nouveau, une respiration lente et régulière se fit entendre.

– Sortons, suggéra Michaël en se dirigeant vers l'escalier.

– Décidément, on a la chair de poule ici, ajouta Diana en le suivant.

Elle ne pouvait détacher son regard des plantes qui se tortillaient devant elle en gémissant.

– Je suis sûre que papa pourrait nous expliquer tout ça, affirma Jane d'une voix tremblante.

À ces mots, une plante soupira. Elle semblait se pencher vers les enfants, levant ses tiges, comme pour leur faire signe de revenir.

– Partons d'ici ! s'exclama Jane.

Ils étaient tous trois haletants lorsqu'ils atteignirent le haut des marches. Michaël sortit le dernier et referma la porte derrière lui.

– Incroyable. Incroyable..., répétait Diana en jouant nerveusement avec une mèche de ses cheveux.

– Papa nous avait bien interdit de descendre, dit Jane. Il savait qu'on aurait peur et qu'on ne comprendrait pas !

– Je rentre chez moi, annonça Diana en s'élançant dans le jardin.

– D'accord, répondit Jane.

Diana disparut derrière les arbres. Au même

moment, le break bleu foncé du docteur Brouwer arrivait au coin de la rue et remontait l'allée.
– La porte du sous-sol est bien fermée ? s'inquiéta Jane.
– Oui, confirma Michaël en y jetant machinalement un coup d'œil. Papa ne saura jamais que nous....
Il s'interrompit, ouvrit grand la bouche. Il devint tout pâle.
– Mon T-shirt ! Je l'ai laissé au sous-sol !..., s'affola-t-il en tambourinant sa poitrine nue.

5

– Je dois le récupérer, dit Michaël. Sinon, papa saura…
– C'est trop tard, l'interrompit Jane.
– Je n'en ai pas pour longtemps.
– Non !
Jane était debout, le nez collé à la fenêtre de l'entrée.
– Il a garé la voiture. Il arrive.
– Mais il va savoir ! se plaignit Michaël.
– Et alors ?
– Tu te souviens comme il s'est mis en colère la dernière fois ?
– Bien sûr que je m'en souviens. Mais il ne va pas nous tuer parce que nous avons jeté un coup d'œil à ses plantes ! Il… Eh, attends !
– Qu'est-ce qu'il y a ?
– Vite, fit Jane, descends. Papa discute dans l'allée avec monsieur Henry.
Tout joyeux, Michaël ouvrit la porte en grand et disparut.

Jane l'entendit dévaler les escaliers, puis marcher dans le laboratoire.
« Dépêche-toi, bon sang. Tu sais bien que papa ne bavarde jamais longtemps avec les voisins. »
Elle monta la garde près de la porte d'entrée et épia son père.
« Monsieur Henry semble lui faire la conversation, se dit Jane. Il est probablement en train de demander un nouveau service à papa. Quel quémandeur, celui-là ! »
Son père hochait la tête, un sourire crispé aux lèvres.
– Allez, Michaël, remonte !
Monsieur Brouwer fit un signe d'adieu à monsieur Henry. Les deux hommes se quittèrent et le docteur de dirigea rapidement vers sa maison.
– Michaël. Tu en mets du temps pour ramasser ton T-shirt ! Ça ne devrait pas être si long !
Son père était à quelques mètres de la porte, à présent. Il aperçut sa fille et lui fit signe de la main. Jane le salua à son tour puis se retourna vers la porte du sous-sol.
– Michaël, où es-tu ? appela-t-elle.
Aucune réponse. Le silence était total.
Le docteur Brouwer s'était arrêté devant un buisson de roses grimpantes et en examinait le feuillage.
– Michaël ! se désespéra Jane.
Leur père s'accroupit pour remuer la terre au pied des rosiers.
Terrifiée, Jane comprit qu'elle n'avait pas le choix : il fallait qu'elle aille voir ce qui retenait son frère.

6

Michaël dévala les escaliers, prenant appui sur la rampe afin de descendre deux marches à la fois. Il atterrit brusquement sur le plancher et se rua vers la pièce où se trouvaient les plantes.
S'arrêtant sur le pas de la porte, il attendit quelques secondes que ses yeux s'habituent à la lumière vive et brillante des halogènes. Il prit une grande inspiration et la retint. Il faisait si chaud, si moite ! Sa nuque lui faisait mal. Il aperçut son T-shirt sur le sol, à un mètre d'un grand arbre feuillu. Ce dernier semblait se pencher vers le vêtement. Ses longues lianes pendaient et s'enroulaient autour du tronc.
Michaël entra, hésitant.
« Pourquoi ai-je si peur ? Ce n'est qu'une pièce remplie de plantes. Pourquoi ai-je l'impression qu'elles m'observent, qu'elles m'attendent ? »
Il s'en voulut d'être si effrayé et avança.
Soudain il entendit le bruit. À nouveau, la respiration lente et régulière. Ni trop forte, ni trop faible.

Qui pouvait bien respirer ? Ou plutôt, qu'est-ce qui pouvait respirer ?
Michaël regarda son T-shirt par terre. Il était là. Il suffisait de le ramasser et de remonter à toute vitesse. Qu'est-ce qui l'en empêchait ?
Il fit un pas. Puis un autre. Était-ce une idée ou le bruit de la respiration s'intensifiait-il ?
Il sursauta. Un gémissement sourd provenait de l'intérieur du placard.
« On dirait qu'il y a quelqu'un dedans et qu'il gémit de douleur », pensa Michaël.
– Où es-tu ?
La voix de Jane semblait très lointaine.
– Ça va, j'arrive, lui répondit-il.
Pourtant, il savait que Jane n'avait rien entendu. Ses paroles avaient été murmurées malgré lui. Son T-shirt ne se trouvait qu'à trois mètres.
Un autre plainte s'échappa du placard. Une plante soupira. Une grosse fougère s'inclina, remuant ses larges feuilles.
– Michaël ?
C'était la voix de sa sœur, de plus en plus inquiète.
– Michaël… dépêche-toi !
« J'essaie, j'essaie mais je n'y arrive pas ! Qu'est-ce qui me retient ? »
Il fit deux enjambées et s'accroupit, les bras tendus. Le T-shirt était presque à sa portée.
Il entendit un râle, puis d'autres bruits de respiration. Levant les yeux vers un grand arbre, il crut voir ses lianes bouger. Mais il n'en était pas sûr. Pourtant il se

rappelait qu'il y a quelques instants, elles pendaient mollement. Maintenant, elles étaient rigides. Prêtes… prêtes à l'agripper ?

– Michaël… vite ! s'impatientait Jane.

Michaël se taisait. Il se concentrait sur le T-shirt. Encore quelques centimètres…

La plante gémit de nouveau.

– Michaël ? Michaël ?

Les feuilles frémirent le long du tronc.

– Michaël ? Est-ce que ça va ? Réponds-moi !

Il saisit son T-shirt.

Soudain deux lianes s'enroulèrent autour de sa taille, tels des serpents.

– Qu'est-ce que c'est ? Laissez-moi !

Tenant son T-shirt d'une main il saisit les lianes de l'autre.

Mais elles ne lâchaient pas prise. Au contraire, elles resserraient doucement leur étreinte.

– Jane ! tenta-t-il d'articuler.

Aucun son ne sortit de sa bouche.

Remuant dans tous les sens, il essayait de se dégager.

Puis, d'un brusque mouvement, il se propulsa vers l'avant.

Sans résultat. Les lianes n'essayaient pas de l'étrangler, non, elles tenaient bon, c'est tout.

Michaël les sentait chaudes et humides contre sa peau nue. On aurait dit des pattes d'animaux.

– Au secours ! essaya-t-il de crier.

Il fit une nouvelle tentative pour se libérer en se penchant brutalement. En vain.

Alors il se baissa et roula par terre afin de desserrer l'étau.
Rien n'y fit.
La plante poussa un profond soupir.
– Lâchez-moi ! supplia Michaël en retrouvant enfin sa voix.
Soudain, il vit sa sœur. Elle était là, debout, tout près de lui. Il ne l'avait pas entendue descendre ni vue entrer dans la pièce.
– Michaël ! Qu'est-ce que…
Elle ne put terminer sa phrase. Bouche bée, elle écarquillait les yeux.
– Elles… elles ne veulent pas me lâcher !
– Non ! hurla-t-elle.
Saisissant l'une des lianes de ses deux mains, Jane tira de toutes ses forces.
La liane résista un moment, puis céda. Les autres cédèrent à leur tour.
Michaël se libéra en poussant une exclamation de joie. Jane attrapa son frère par la main et l'entraîna vers l'escalier…
– Oh ! firent-ils en chœur.
Ils s'immobilisèrent. Tout en haut des marches, monsieur Brouwer les regardait, furieux, les poings serrés, le visage crispé par la colère.

7

– Les plantes ! laissa échapper Jane.

Le docteur Brouwer ne sourcilla pas. Son regard demeurait glacial.

– Elles ont agrippé Michaël ! continua Jane.

– Je suis simplement descendu récupérer mon T-shirt, expliqua Michaël, tremblant.

Les deux enfants levèrent les yeux vers leur père. Ils espéraient que son visage s'adoucirait un peu, qu'il desserrerait les poings, qu'il parlerait enfin. Mais il se taisait. Son silence leur parut durer une éternité.

– Vous allez bien ? se décida-t-il enfin à demander.

– Oui, répondirent en chœur les deux enfants, soulagés.

Jane constata qu'elle tenait toujours la main de son frère. Elle la lâcha et attrapa la rampe.

– Vous m'avez beaucoup déçu, dit froidement le docteur Brouwer.

– Désolée, s'excusa Jane. Nous n'aurions pas dû…

– Nous n'avons touché à rien. Je te le jure, promit Michaël.
– …vraiment, beaucoup déçu, continuait leur père.
– Pardon, Papa.
Le docteur Brouwer leur fit signe de monter, puis se dirigea vers le hall.
– Je croyais qu'il allait nous punir, murmura Michaël en suivant Jane dans l'escalier.
– Ce n'est pas son genre, remarqua sa sœur.
Ils suivirent leur père dans la cuisine. Là, il les invita à s'asseoir à la table, puis il se laissa tomber sur une chaise. Son regard allait de l'un à l'autre, comme s'il les voyait pour la première fois. Son visage n'exprimait plus rien. Aucune émotion ne transparaissait.
– Papa, qu'est-ce qu'elles ont, ces plantes ? questionna Michaël.
– Que veux-tu dire par là ?
– Elles sont si… bizarres.
– Je vous expliquerai tout ça plus tard, annonça-t-il en les observant, toujours impassible.
– Ça semble superintéressant, ajouta Jane en faisant attention de choisir les termes appropriés.
« Mais qu'est-ce qu'il a ? Pourquoi je me sens si mal à l'aise ? »
Elle ne reconnaissait plus son père. D'habitude, il était direct et franc. Lorsqu'il était fâché, il le faisait savoir. Pourquoi ne montrait-il rien de ses sentiments ? Pourquoi était-il si étrange, si ténébreux, si froid ?
– Je pensais vous avoir demandé de ne pas descendre

au sous-sol, dit-il calmement en croisant ses jambes et en se balançant sur sa chaise. Je croyais avoir été clair.

Les enfants se regardèrent.

– Nous ne le ferons plus, jura Jane.

– Mais peux-tu nous montrer et nous expliquer ce que tu fais ? osa ajouter Michaël.

– Oh oui, nous aimerions comprendre, renchérit Jane.

– Un jour je le ferai, promit vaguement le docteur Brouwer.

Puis, redressant sa chaise, il se leva d'un bond.

– Je dois retourner travailler. À tout à l'heure.

Il sortit de la pièce.

– Je n'arrive pas à croire que cette plante m'ait agrippé, continua Michaël d'un ton songeur. Je vais faire des cauchemars, cette nuit…

– Ne pense pas au sous-sol, oublie-le, dit Jane.

Elle ne trouvait pas ce conseil très judicieux. Mais que pouvait-elle dire d'autre ? Elle monta dans sa chambre en pensant à sa mère qui lui manquait déjà. Jane non plus ne pouvait chasser de son esprit le sous-sol et ses vrilles angoissantes.

En frissonnant, elle prit un livre et se jeta sur son lit. Mais elle était incapable de se concentrer : les plantes, leurs plaintes et leurs gémissements lui revenaient constamment en mémoire.

« Nous n'avons pas été punis au moins, se consola-t-elle. Et Papa ne nous a pas crié dessus. En plus, il a juré de nous expliquer ce qu'il fait. »

Ces pensées la réconfortèrent. Elle passa une bonne nuit.
Mais le lendemain matin, quand elle descendit très tôt pour préparer le petit déjeuner, elle constata avec surprise que son père était déjà au travail.
La porte du sous-sol était fermée. Un verrou avait été posé.

Le samedi suivant, Jane parlait au téléphone avec sa mère.
– Je suis vraiment navrée pour tante Hélène, déclara-t-elle en tortillant le fil blanc de l'appareil autour de son poignet.
– L'opération ne s'est pas déroulée aussi bien que prévu, confia madame Brouwer avec lassitude. Les médecins disent qu'elle devra peut-être en subir une autre. Mais il faut d'abord qu'elle reprenne des forces.
Sa mère l'appelait probablement de l'hôpital. Jane reconnut le brouhaha du hall de réception.
– Alors tu ne vas pas rentrer ? en conclut tristement Jane.
– Ne me dis pas que je te manque déjà ? dit madame Brouwer malicieusement.
– Ben… oui, admit Jane.
– Comment va ton père ? Je l'ai appelé hier soir. Il n'était pas très bavard.
– C'est à peine s'il nous adresse la parole…
– Il travaille beaucoup.
– Il ne sort jamais de son sous-sol, se plaignit Jane.

Sa voix trahissait plus d'amertume qu'elle n'aurait souhaité.
– Ton père attache une grande importance à ses expériences.
– Plus d'importance qu'à nous ?
Elle se détestait dans des moments pareils. Elle regretta d'avoir commencé à se plaindre de l'attitude de son père. Sa mère avait suffisamment de soucis comme ça ! Mais c'était plus fort qu'elle.
– Il a beaucoup de choses à prouver. À lui-même et aux autres. Il veut à tout prix montrer à monsieur Martinez et aux dirigeants de l'université qu'ils ont eu tort de le licencier.
– On le voyait plus avant, quand il ne travaillait pas à la maison ! répondit Jane.
Madame Brouwer s'impatientait.
– Essaie de comprendre ce que je te dis, enfin !
– Excuse-moi, s'exclama Jane, je… C'est drôle, il n'enlève plus jamais sa casquette, fit-elle, espérant détendre l'atmosphère.
– Qui ? Michaël ?
– Non, papa. Il porte une casquette de base-ball nuit et jour.
– Vraiment ?
Jane éclata de rire.
– On a beau lui dire qu'il a l'air idiot, ça ne change rien.
– Oh là ! On m'appelle, l'interrompit madame Brouwer. Je dois y aller. Sois sage. J'essaierai de rappeler plus tard.

Elle raccrocha. Jane fixa le plafond, où dansaient les ombres des arbres du jardin. « Pauvre maman. Elle est déjà si inquiète pour sa sœur ! Et moi, je lui parle de papa ! »
Elle se redressa, écoutant le silence. Michaël était chez un ami. Son père travaillait au sous-sol. Il avait sans aucun doute pris soin de fermer la porte à clé. « Si j'appelais Diana ? pensa-t-elle. Non, je vais d'abord déjeuner, je lui téléphonerai après. »
Elle se coiffa, puis se dirigea rapidement vers la cuisine. À sa grande surprise, son père s'y trouvait. Il était debout, devant l'évier.
Mais… que faisait-il ?
Curieuse, Jane s'appuya contre le mur, l'observant en silence depuis la porte. Le docteur Brouwer semblait manger quelque chose. Il plongeait sa main droite dans un sac et en retirait une substance qu'il dévorait aussitôt.
Jane l'entendait mâcher bruyamment. Puis il replongeait de nouveau sa main dans le sac pour en retirer une nouvelle poignée.
« Qu'est-ce qu'il mange ? Il dit n'avoir jamais d'appétit, mais en fait ce n'est pas vrai. Il a l'air affamé ! »
Au bout d'un long moment, le docteur Brouwer froissa le sac et le jeta dans la poubelle. Puis il s'essuya les mains.
Jane recula brusquement et marcha vers le salon sur la pointe des pieds. Elle retint son souffle lorsque son père pénétra dans le hall d'entrée. La porte du sous-

sol se referma derrière lui, et il la verrouilla avec précaution. Soulagée, Jane sortit de la pièce. Il fallait à tout prix qu'elle aille dans la cuisine découvrir ce que son père avait mangé si voracement.
Elle fouilla dans la poubelle et en retira le sac froissé. Elle eut la respiration coupée en lisant l'étiquette. Horreur ! Son père avait avalé de… l'engrais !

8

La gorge serrée et la bouche sèche, Jane fixait l'emballage qu'elle avait laissé tomber par terre. Elle ne pouvait chasser l'horrible scène de son esprit. Comment son père pouvait-il manger de la boue ? Comment pouvait-il dévorer cette substance infecte ? On aurait dit qu'il aimait ça ! Que c'était vital ! « Ça fait peut-être partie de ses expériences ? tenta-t-elle de se rassurer. Mais quel genre d'expériences ? »

Le sac dégageait une odeur franchement désagréable. Jane inspira profondément et bloqua son souffle. Elle ne put s'empêcher d'imaginer le goût de ce produit nauséabond.

Elle eut un haut-le-cœur. Retenant toujours sa respiration, elle saisit le sac, le froissa et le jeta dans la poubelle. Elle était sur le point de se retourner lorsqu'une main lui saisit l'épaule.

Jane étouffa un cri et pivota sur ses talons.

– Michaël !

– Je suis rentré, annonça-t-il en souriant. Qu'est-ce qu'on mange pour le déjeuner ?
Jane lui prépara un sandwich au jambon. Ensuite, elle lui raconta ce qu'elle venait de voir. Dans les moindres détails. Michaël éclata de rire.
– Ce n'est pas marrant, dit-elle, de mauvaise humeur. Papa mangeait de l'engrais et…
Michaël rit de nouveau.
– Je ne vois ce qu'il y a de drôle ! Notre père est malade. Quelque chose ne tourne pas rond chez lui. Il a beaucoup changé ces derniers temps. Tu ne t'es donc aperçu de rien ? Il passe encore plus de temps au sous-sol….
– C'est parce que maman est partie, l'interrompit Michaël.
– … Il est si taciturne et si froid avec nous, poursuivit Jane en ne relevant pas la remarque de son frère. Il avait l'habitude de plaisanter, de nous faire réciter nos devoirs. Il ne parle presque plus. Jamais il ne m'appelle Princesse, ni Bouboule comme avant. Il…
– Tu as toujours détesté ces surnoms, gloussa Michaël.
– Je sais, je sais, rétorqua Jane de mauvaise humeur. Ce n'est qu'un exemple.
– Alors, qu'est-ce que tu veux dire ? Que Papa est un arbre ? Qu'il est devenu complètement dingue ?
– Je…. je ne sais pas, bafouilla Jane. En le voyant avaler cette boue dégoûtante… j'ai eu la terrible impression qu'il allait se transformer en plante !
Michaël se leva d'un bond, renversant sa chaise. Il se

mit à tituber dans la cuisine, comme un zombi. Ses yeux étaient fermés, ses bras tendus devant lui.
– Je suis l'incroyable homme-plante ! prononça-t-il d'un ton solennel.
– Arrête, tu n'es pas drôle.
– L'homme-plante tue, continua Michaël en se précipitant sur sa sœur.
– Arrête, hurla-t-elle.
– D'accord, d'accord, fit Michaël en reculant. Mais à une condition.
– Laquelle ? demanda Jane, intriguée.
– Que tu me prépares un autre sandwich !

Le lundi suivant, après l'école, Jane et Michaël décidèrent de jouer au Frisbee. Diane était avec eux. Il faisait chaud. Le ciel était parsemé de petits nuages blancs et floconneux. Diane lança le disque si haut qu'il passa au-dessus de la tête de Michaël et atterrit dans la rangée de citronniers, derrière l'entrée du garage. En courant pour le récupérer, Michaël trébucha sur un robinet qui dépassait à peine d'un centimètre de la pelouse.
– Voilà ce que c'est que d'avoir comme père un scientifique cinglé ! plaisanta Diane.
– On n'est pas forcément cinglé parce qu'on fait des expériences ! s'indigna Jane.
– Ou plutôt un père étrange. Oui, c'est bien le mot. Étrange, continua Diane, sérieuse. J'ai fait un sale cauchemar la nuit dernière à propos de vos affreuses plantes. Elles pleuraient et essayaient de me toucher.

– Désolée. Sincèrement désolée. Moi aussi, j'ai mal dormi cette nuit, exagéra quelque peu Jane.
– Mon père parlait du tien hier soir, poursuivit Diane en envoyant le Frisbee à Michaël.
– Tu lui as dit que nous étions descendus au sous-sol ? s'inquiéta Jane.
– Non. Je te le jure ! Mon père prétend qu'il a été congédié de l'université parce que ses recherches ont dérapé. Il ne pouvait plus les contrôler…
– Qu'est-ce que tu veux dire par là ? Le Frisbee doit être derrière la haie, lança Jane à Michaël, qu'elle voulait éloigner de la conversation.
– Il paraît que le directeur lui a demandé d'abandonner ses essais et que ton père a refusé.
Jane n'était au courant de rien. Cette histoire la chagrinait beaucoup, mais elle savait que tout ça était probablement vrai.
– Quelque chose de grave s'est produit dans son laboratoire, ajouta Diane. Quelqu'un a été sérieusement blessé ou tué.
– Ce n'est pas vrai, protesta Jane. Nous l'aurions su !
– Probablement, dut admettre Diane. Une chose est sûre : ton père ne voulait pas mettre fin à ses travaux.
– Ce n'est pas une raison pour le traiter de cinglé, se rebella Jane.
Elle ressentait soudain le besoin de le défendre sans trop comprendre pourquoi.
– Je te dis seulement ce que j'ai entendu. Pas besoin de me parler sur ce ton !
– C'est l'heure de rentrer, décida brusquement Jane,

interrompant ainsi cette désagréable conversation. Tu viens, Michaël ? Je t'appelle ce soir, dit-elle à Diane en lui faisant un petit signe de la main.

Jane et Michaël furent surpris de voir leur père, debout près du perron, en train d'examiner les roses trémières.

– Eh, P'pa, attrape ! fit Michaël en lançant le Frisbee.

Manquant de réflexe, le docteur Brouwer se tourna trop lentement. Le Frisbee heurta sa casquette, et la fit tomber.

– Nnnonn ! cria-t-il en se couvrant la tête des mains. Mais c'était trop tard. Jane et Michaël eurent le temps d'apercevoir le crâne de leur père.

Son crâne vert.

Il avait perdu tous ses cheveux. À leur place poussaient des feuilles d'un vert vif et éclatant.

9

– Ce n’est rien, les enfants, tenta de les rassurer le docteur Brouwer.
Il se pencha, ramassa sa casquette et la remit sur sa tête. Un corbeau passa tout près, croassant avec force. Jane le suivit des yeux. Ses pensées ne pouvaient se détacher de l’épouvantable vision. Son cuir chevelu se mit à la démanger lorsqu’elle imagina son propre crâne envahi par d’affreuses feuilles.
– Ce n’est rien, vraiment répéta le docteur en s’approchant de ses enfants.
– Mais, Papa, ta tête…, balbutia Michaël.
Il était soudain devenu très pâle.
Jane avala sa salive à plusieurs reprises, s’efforçant de réprimer une nausée.
– Venez ici tous les deux, dit doucement leur père en les enlaçant. Asseyons-nous là-bas et bavardons un peu. J’ai parlé avec votre mère au téléphone et elle m’a dit que vous vous posiez des questions sur mon travail.

– Ta tête… elle est toute verte ! répéta Michaël.
– Je sais. C’est pour ça que je porte une casquette. Je ne voulais pas vous inquiéter.
Il les entraîna à l’ombre de la haie qui longeait le garage et s’assit sur l’herbe.
– Je suppose que vous me trouvez bizarre ! fit-il en regardant sa fille.
Gênée, elle détourna aussitôt les yeux.
– Tu es bien silencieuse, Jane, continua-t-il en lui serrant tendrement la main. Qu’est-ce que tu en penses ?
Jane soupira. Puis, n’y tenant plus, elle s’écria :
– Allez, dis-nous la vérité ! Pourquoi tu as ces feuilles sur la tête ?
– C’est un effet secondaire, lui expliqua son père sans desserrer son étreinte. C’est passager. Elles tomberont bientôt et mes cheveux repousseront.
– Mais comment ça t’est arrivé ? lança Michaël en fixant la casquette de son père d’où dépassaient quelques feuilles.
– Je pense que vous vous sentiriez rassurés si je vous expliquais ce que j’essaie de faire au sous-sol. J’ai été tellement absorbé par mes expériences que je n’ai pas pris le temps de bavarder avec vous.
– As-tu découvert une nouvelle sorte de plante ? demanda Michaël en s’asseyant en tailleur.
– Non, je tente d’en créer une. Avez-vous déjà entendu parler parlé de l’ADN à l’école ?
Les enfants firent non de la tête.
– Eh bien, c’est assez compliqué. Laissez-moi vous

expliquer ça en termes simples. Prenons une personne qui a un quotient intellectuel très élevé. Un vrai génie....
– Quelqu'un comme moi, l'interrompit Michaël.
– Comme toi, confirma le docteur en plaisantant. Supposons que nous sommes en mesure d'isoler la molécule, le gène, qui donne une telle intelligence, et que nous pouvons la transmettre à d'autres cerveaux. Ainsi, cette intelligence pourrait être transmise de génération en génération. La majorité des gens aurait un quotient intellectuel très élevé. Vous me suivez ? Il regarda d'abord Michaël, puis Jane.
– Oui, je crois, intervint celle-ci. On prend ce qu'il y a de meilleur chez une personne, puis on le donne à d'autres qui le transmettent à leurs enfants et ainsi de suite.
– Très bien, dit en souriant, pour la première fois depuis bien longtemps, le docteur Brouwer. C'est ce que plusieurs botanistes font avec les plantes. Ils essaient de créer un nouveau plant qui donnera cinq fois plus de fruits, de grains et de légumes.
– Et c'est ce que tu fais ? demanda Michaël.
– Je fais quelque chose de bien plus passionnant. Mais je ne veux pas rentrer dans les détails maintenant. Sachez seulement que j'essaie de mettre au point une plante qui n'a jamais existé et ne pourrait exister sans mon intervention. Une plante qui serait en partie animale.
Jane et Michaël ne pouvaient cacher leur fascination.
– Tu veux dire que tu prends les cellules d'un animal

pour les mettre dans une plante ? poursuivit Jane. Son père acquiesça.

– Je ne peux pas en dire davantage. Cela doit rester secret, confia-t-il en guettant les réactions de ses enfants.

– Comment passes-tu les cellules d'un animal dans une plante ? continua Jane qui semblait ne pas avoir entendu la remarque de son père.

– En les décomposant avec mes appareils électroniques. J'ai deux cabines de verre reliées par un générateur très puissant. Vous les avez peut-être vues lorsque vous êtes descendus au sous-sol.

– Oui, grimaça Michaël. Elles ressemblent même à des cabines téléphoniques.

– L'une émet, l'autre reçoit, expliqua le docteur. J'essaie d'envoyer la bonnc quantité d'ADN d'une cabine à l'autre. Ce qui est extrêmement difficile.

– Et tu as réussi ? s'empressa Jane.

– J'y suis presque arrivé.

Pendant un bref instant, un sourire de satisfaction illumina le visage du docteur.

– Je dois y aller, fit-il soudain, replongeant dans ses pensées. À tout à l'heure.

– Papa ! cria Jane. Ta tête, les feuilles, tu ne nous as pas expliqué d'où ça vient !

– Il n'y a rien à expliquer, je vous ai déjà dit que c'était un effet secondaire, dit-il sèchement, réajustant sa casquette.

Il se releva brusquement et partit à grandes enjambées vers la maison.

Michaël était satisfait de cette conversation. Jane, elle, l'était moins. Elle était préoccupée par ce qu'avait dit leur père. Mais surtout par ce qu'il n'avait pas dit. Elle rentra, monta dans sa chambre et se coucha sur son lit pour réfléchir. En fait, leur père avait éludé la principale question : pourquoi des feuilles lui poussaient sur le crâne ? Le « ce n'est qu'un effet secondaire » n'expliquait rien.
Un effet secondaire de quoi ? Qu'est-ce qui a fait tomber ses cheveux et quand repousseront-ils ? Que pouvait-on ressentir avec des feuilles vertes qui poussent dans la peau et qui se dressent sur votre tête ?
À cette idée, Jane eut de nouveau la nausée.
« Dégoûtant. »
Elle avait l'impression que tout son corps la démangeait. Elle savait qu'elle ferait des cauchemars cette nuit.
« On aurait dû lui poser plein d'autres questions. On ne sait toujours pas pourquoi les plantes gémissent en bas, pourquoi certaines semblent respirer, pourquoi d'autres ont agrippé Michaël. Et d'abord, quel animal utilise-t-il pour faire ses expériences ? J'aurais surtout aimé lui demander pourquoi il dévorait cet engrais ? Seulement ça, je ne le saurai jamais. Comment lui avouer que je l'ai épié l'autre midi ? »
Toutes ces pensées tourbillonnaient dans son esprit et la rendaient folle d'angoisse.
Dans la soirée, Jane dîna avec son frère. Puis elle parla au téléphone avec Diane et fit ses devoirs. Elle

regarda un peu la télé, et alla se coucher. Mais elle ne pouvait pas dormir. Elle se trouvait dans un état d'agitation extrême.
Soudain, elle entendit le pas feutré de son père dans l'escalier. Il allait passer devant sa chambre et entrer dans la salle de bains.
« Il faut que je lui demande », se décida-t-elle. Elle jeta un coup d'œil à son réveil et constata avec étonnement qu'il était deux heures et demie du matin.
« Je dois en avoir le cœur net, savoir. Sinon, je vais devenir dingue. Il doit y avoir une explication logique », se dit-elle en se levant.
Jane s'avança dans le couloir. De la lumière s'échappait de la salle de bains par la porte entrouverte. L'eau coulait. Son père toussa, puis régla le débit du robinet.
Elle s'avança. Le docteur Brouwer était penché au-dessus du lavabo, torse nu. Sa chemise et sa casquette étaient par terre. La verdure qui lui recouvrait la tête brillait intensément sous la lumière.
Jane retint sa respiration. Les feuilles étaient si vertes, si épaisses.
Il n'avait pas remarqué la présence de sa fille, concentrant toute son attention sur le bandage de sa main. À l'aide de petits ciseaux, il coupait le pansement pour le retirer.
« Il saigne toujours », constata Jane. Retenant sa respiration, elle le regardait laver sa blessure.
« Mais… qu'est-ce qui coule de la plaie ? C'est quoi, ce liquide vert ? »

Jane eut le souffle coupé. Elle fit demi-tour. Le plancher craqua sous ses pas.

– Qui est là ? sursauta le docteur Brouwer. Jane ? Michaël ?

Il passa la tête par la porte au moment où Jane disparaissait dans sa chambre.

« Il m'a vue, se dit-elle en sautant dans son lit. Il m'a vue… et il me poursuit. »

10

Jane remonta les couvertures sous son menton. Elle tremblait de peur et de froid. Elle ne respirait plus et écoutait. L'eau coulait toujours dans la salle de bains. Cependant, il n'y avait aucun bruit de pas.

« Il ne me poursuit pas, se dit-elle en poussant un profond soupir de soulagement. C'est terrible, je commence à avoir peur de mon propre père. Si seulement Maman était là ! »

Sans réfléchir, elle s'empara du téléphone. Elle allait appeler sa mère, la réveiller, lui dire de rentrer à la maison le plus vite possible. Il fallait qu'elle sache qu'il se passait des choses étranges, que leur père était en train de changer…

Le réveil indiquait deux heures quarante-trois.

Non, elle ne pouvait pas faire ça ! Sa mère avait déjà bien assez de soucis.

« Il ne faut pas l'effrayer ! Et puis comment lui dire que je crains mon père ? Elle me dira de me calmer, que papa nous aime toujours, qu'il ne nous fera

jamais de mal, qu'il est seulement accaparé par son travail... »
Accaparé...
« Des feuilles lui poussent sur la tête, il mange du fertilisant et son sang est devenu vert. Accaparé... »
Jane entendit son père fermer le robinet, éteindre la lumière de la salle de bains, puis marcher à pas feutrés jusqu'à sa chambre, au bout du couloir. Elle se détendit un peu, ferma les yeux et se mit à compter les moutons.
Sans succès. À trois cent soixante-quinze, elle s'assit dans son lit. Elle décida alors de descendre prendre une boisson fraîche dans la cuisine.
Le compresseur du réfrigérateur se mit en marche bruyamment, la faisant sursauter. Elle ouvrit la porte et s'empara d'un litre de jus d'orange. Soudain, une main agrippa son épaule.
– Ah ! hurla-t-elle en laissant tomber la bouteille.
Elle recula brutalement, mais trop tard ! Ses jambes étaient trempées.
– Michaël, tu m'as fait peur ! Pourquoi es-tu debout à cette heure-ci ?
– Et toi ?
Il était à moitié endormi et ses cheveux étaient tout emmêlés.
– Je n'arrivais pas à m'endormir. Tu veux bien m'aider à éponger ?
– C'est pas moi qui l'ai renversé. Éponge toi-même.
– T'es vraiment pas sympa. C'est de ta faute si c'est mouillé.

Elle prit une serpillière et se mit à nettoyer.
– Je pense à toutes sortes de choses, dit Michaël, et ça m'empêche de dormir.
– Moi aussi, avoua Jane en fronçant les sourcils.
Elle voulut ajouter quelque chose, mais un bruit la stoppa net. C'était comme une sorte de gémissement mélancolique.
– Qu'est-ce que c'était ? demanda Michaël avec effroi.
– Ça vient sûrement du sous-sol.
– Tu crois que c'est une des plantes de papa ? murmura Michaël.
Jane ne répondit pas. Elle était à genoux, immobile, tendant l'oreille.
Une nouvelle plainte se fit entendre, plus douce, mais aussi plus triste.
– Je crois que papa ne nous dit pas la vérité, dit Jane se décidant enfin à parler.
– Moi, je ne pense pas qu'un plant de tomate puisse gémir de la sorte, ajouta Michaël.
Jane se releva, referma le réfrigérateur. La cuisine fut plongée dans l'obscurité. Saisissant Michaël par l'épaule, elle l'accompagna dans le hall d'entrée. Les deux enfants s'arrêtèrent devant la porte du sous-sol et tendirent l'oreille. Michaël tenta même de l'ouvrir, en vain. Elle était verrouillée.
Un autre gémissement sembla provenir de plus près encore.
– On dirait une voix humaine, chuchota Michaël.
Jane frissonna.

– Que se passe-t-il en bas ? dit-elle, excédée.
Fatigués et inquiets, ils se séparèrent. Dans son lit, Jane se rendit compte qu'elle n'avait même pas bu et qu'elle avait toujours aussi soif. Malgré cela, elle sombra dans un sommeil lourd. À sept heures trente, son réveil sonna. Elle avait oublié que le mercredi, elle n'avait pas classe. Elle tenta de se rendormir, mais la peur l'envahissait de nouveau. Elle décida de parler à son père, en tête à tête. Elle lui poserait toutes les questions qui continuaient de l'obséder.
« Si je ne le fais pas tout de suite, il va disparaître dans son sous-sol. Et moi, je passerai la journée à me faire du mauvais sang. »
Elle enfila son peignoir et sortit. Arrivée devant la chambre de ses parents, elle appela le docteur Brouwer. Il ne semblait pas être là. Elle pénétra prudemment dans la pièce. L'air était lourd et une odeur étrange, aigre, y flottait. Les rideaux étaient tirés, les draps étaient froissés et rejetés au pied du lit.
« Encore raté, reconnut-elle tristement. Il est probablement déjà en train de travailler dans son sous-sol. Tiens, qu'est-ce que c'est que ça ? »
Jane alluma la lampe de chevet et découvrit, horrifiée, que le lit était recouvert d'une épaisse couche de terre noire et humide.
– Oh, non ! s'écria-t-elle en portant ses mains à son visage. En plus, la terre bouge ! C'est impossible, impossible.
Elle se pencha. Des milliers d'insectes et de longs vers de terre bruns grouillaient dans le terreau.

11

Jane tenta d'avaler quelque chose en guise de petit déjeuner, puis elle s'habilla et téléphona à Diana pour passer le temps.

Ensuite elle essaya de parler à son père. Elle frappa à la porte du sous-sol, à plusieurs reprises. Timidement d'abord, puis avec insistance. Personne ne lui répondit.

Michaël ne descendit qu'à dix heures et demie. Soulagée de pouvoir partager ses soucis, elle lui versa un grand verre de jus d'orange, puis l'entraîna dehors. C'était une journée brumeuse. L'air était déjà suffocant. Marchant à l'ombre de la haie, Jane raconta tout à son frère : le sang vert qu'elle avait vu couler ; la terre et les insectes. Interloqué, Michaël dévisageait Jane, sans dire un mot.

– Qu'est-ce qu'on peut faire ? murmura-t-il enfin.

– Comme j'aimerais que maman téléphone !

– Tu lui dirais tout ?

– Peut-être, mais je ne pense pas qu'elle me croirait !

– C'est si effrayant, ajouta Michaël. C'est notre père, nous le connaissons depuis toujours.
– Je sais, je sais, mais il a tellement changé.
– Il y a peut-être une explication logique à tout ça, songea Michaël. Comme les feuilles sur sa tête…
– J'en ai parlé à Diana, l'interrompit Jane. Elle croit que je devrais appeler la police.
– Hein ? s'indigna Michaël en secouant la tête. Papa n'a rien fait de mal. Pourquoi la police ?
– C'est ce que j'ai dit à Diana, répondit Jane.

Ils parlèrent ainsi assez longtemps, réfléchissant à ce qu'il fallait faire. Soudain, la porte de la cuisine s'ouvrit. Leur père leur demanda d'entrer.
Jane regarda Michaël, interloquée.
– Je rêve, chuchota-t-elle, il est sorti de sa cave !
– C'est le moment de lui parler, proposa Michaël.
Ils se précipitèrent dans la cuisine. La casquette sur la tête, le docteur Brouwer leur adressa un large sourire et posa deux bols de soupe sur la table.
– Bonjour, lança-t-il gaiement. Le repas est servi.
– Hein ? Tu as préparé le déjeuner ? s'exclama Michaël sans cacher son étonnement.
– Papa, il faut que tu nous expliques…, dit Jane d'un ton sérieux.
– Je n'ai pas le temps. Goûtez-moi ça ! Je veux savoir si vous aimez mon nouveau plat.
– Qu'est-ce que c'est ? s'étonna Michaël.
Les deux bols étaient remplis d'une substance épaisse et verte.

– On dirait de la purée de brocolis.
– Non, ce n'est pas ça ! Allez-y, essayez, je parie que vous serez surpris !
– Mais Papa, tu ne cuisines jamais ! remarqua Jane en essayant de cacher sa gêne.
– Je veux que vous mangiez ça ! dit-il fermement.
– Nous... nous avons des questions à te poser, poursuivit Jane en faisant mine de ne pas avoir entendu.
– Votre mère a téléphoné, annonça tout à coup le docteur Brouwer, comme s'il voulait rassurer ses enfants. Elle va bientôt revenir. Tante Hélène va mieux.
– Euh... tu vas en prendre aussi ? demanda Michaël en tripotant sa cuillère.
– Non. J'ai déjà déjeuné.
À ces mots, il se pencha en posant les deux mains sur la table. Jane constata qu'un nouveau bandage recouvrait sa main blessée.
– Papa, hier soir..., commença-t-elle.
– Goûtez, ordonna-t-il.
– Mais qu'est-ce que c'est ? se plaignit Michaël. Ça ne sent pas très bon !
– Je crois que vous aimerez, c'est très sucré, répliqua-t-il avec impatience.
Jane était paralysée par la peur et le dégoût. Elle fixait le contenu de son bol comme si elle avait été hypnotisée.
« Pourquoi veut-il à tout prix nous voir avaler ça ? Est-ce qu'il est en train de faire une expérience ? Ce truc vert va-t-il nous transformer ? Des feuilles vont-

elles pousser sur nos têtes ? »
Elle observa son frère et constata qu'il n'était pas rassuré lui non plus. Il devait se poser exactement les mêmes questions.
– Qu'est-ce que vous avez tous les deux ? s'énerva le docteur Brouwer. Vous allez m'obéir à la fin ?
Docilement, Jane et Michaël plongèrent leur cuillère dans la substance veloutée et verte. Mais ils étaient incapables de la porter à leur bouche.
– Mangez, mais mangez donc ! criait à présent le docteur Brouwer.
« On n'a pas le choix », pensa Jane.
Sa main tremblait lorsqu'elle porta à contrecœur la cuillère à ses lèvres.

12

Effrayé, Michaël regardait sa sœur, lorsque soudain quelqu'un sonna à la porte.
– Qui ça peut bien être ? s'étonna le docteur Brouwer, visiblement contrarié. Je reviens tout de suite. Il se dirigea vers le hall d'entrée en traînant les pieds.
– Nous sommes sauvés, souffla Jane en laissant retomber sa cuillère dans le bol.
– C'est dégoûtant, grimaça Michaël. Ça doit être de l'engrais ou un truc de ce genre. Beurk !
– Vite, réagit Jane en prenant son bol. Fais comme moi !
Ils se précipitèrent vers la poubelle et y versèrent le contenu des bols. Puis, comme si de rien n'était, ils les reposèrent sur la table.
– Allons voir qui c'est, suggéra Michaël.
Jane et Michaël se faufilèrent dans le corridor et aperçurent un homme chauve et bronzé. Il portait de larges lunettes de soleil aux reflets bleutés. Il se tenait sur le pas de la porte et avait à la main une mal-

lette noire. Vêtu d'un costume bleu marine et d'une cravate rayée rouge et blanc, il avait un air sérieux et imposant.

– Je vous avais dit, il y a quelques semaines, que je viendrais constater l'avancement de vos travaux, dit monsieur Martinez en humant l'air de la pièce dans laquelle il venait d'entrer. Monsieur Wellington m'a conduit jusqu'ici. Ma voiture est au garage. En réparation, comme d'habitude !

– Je ne suis pas vraiment prêt, grogna le docteur Brouwer. Ce n'est pas le bon moment…

– Ne vous inquiétez pas. Je vais juste jeter un coup d'œil, répondit monsieur Martinez en posant une main amicale sur l'épaule du docteur Brouwer, comme s'il voulait le calmer. Votre travail m'a toujours beaucoup intéressé, vous le savez. Et vous savez aussi que je n'ai jamais souhaité votre départ. Le conseil d'administration m'a forcé à vous congédier. Je n'ai pas eu le choix. Mais je ne vous laisse pas tomber. Allons voir où vous en êtes.

– C'est que…

Le docteur Brouwer ne pouvait cacher son mécontentement. Il tenta de bloquer le passage à monsieur Martinez. En vain. Celui-ci le bouscula, s'avança dans le couloir et ouvrit la porte du sous-sol qui, pour une fois, n'était pas fermée.

– Bonjour, dit-il en apercevant les enfants.

– Vous avez fini de déjeuner ? demanda leur père.

Il paraissait surpris de les voir là.

– Oui, c'était plutôt bon, mentit Michaël.

Cette réponse sembla satisfaire le docteur Brouwer. Il redressa sa casquette, suivit monsieur Martinez dans la cave. Bien entendu, il prit bien soin de refermer la porte derrière lui et de la verrouiller.

– Il va peut-être engager Papa à nouveau ? dit Michaël en retournant dans la cuisine.

– Michaël…

– Quoi ?

– Tu crois que Papa nous dit la vérité ?

– À propos de quoi ?

– De tout.

– Je ne sais pas.

L'expression de Michaël changea brusquement.

– Il existe une façon de le savoir, suggéra-t-il, une étincelle de malice dans les yeux.

– Hein ? Qu'est-ce que tu veux dire ?

– Dès que papa sortira, nous retournerons au sous-sol pour voir ce qui s'y passe vraiment.

13

L'occasion se présenta le lendemain après-midi, quand leur père remonta du sous-sol sa mallette à outils.

– J'ai promis à monsieur Henry de l'aider à installer un lavabo neuf dans sa salle de bains, expliqua-t-il.

– Tu reviens quand ? questionna Michaël en jetant un coup d'œil complice à sa sœur.

« Pas très malin, pensa Jane en fronçant les sourcils. Il va se douter de quelque chose. »

– Ça ne devrait pas prendre plus de deux heures, précisa-t-il en sortant de la cuisine.

– Bon, on y va, déclara Jane d'un ton décidé.

Elle essaya d'ouvrir la porte du sous-sol, mais elle était verrouillée, comme d'habitude.

– Attends, je vais te montrer un truc que j'ai appris la semaine dernière chez Alexis. Apporte-moi un trombone, ordonna Michaël.

Jane en trouva un et le tendit à son frère. Michaël redressa l'une des boucles et l'introduisit dans la serrure. Au bout de quelques minutes, la porte s'ouvrit comme par enchantement.

– On dirait un serrurier professionnel. Ton ami Alexis gagne à être connu !

– À vous l'honneur, dit Michaël en faisant signe à sa sœur de passer.

En bas, l'air était toujours aussi humide et lourd. Jane et Michaël se mirent aussitôt à transpirer à grosses gouttes. Une lumière aveuglante les obligea à s'arrêter sur le seuil de la pièce où se trouvaient les plantes.

Celles-ci paraissaient plus grandes, plus fournies que la dernière fois. Elles semblaient frémir d'excitation.

De longues lianes brunes serpentaient sur le sol, s'entortillant et s'entremêlant autour des plantes. Une fougère avait poussé jusqu'au plafond. Elle décrivait une courbe et commençait à descendre vers le sol.

– Super ! s'enthousiasma Michaël.

Cette jungle brillante et grouillante l'impressionnait. Des bruits de respiration, des soupirs bruyants et de faibles gémissements se faisaient entendre. Une liane se balança soudain devant Michaël.

– Attention ! s'exclama Jane, ne t'approche pas trop des plantes.

– Je sais, je sais… répondit-il, un rien énervé. Lâche-moi, tu m'as fait peur.

Inoffensive, la liane glissa sur le sol.

– Désolée, s'excusa Jane, serrant affectueusement

son frère. C'est juste que… Tu te souviens de la dernière fois.

– Ne t'inquiète pas, je serai prudent.

Jane frissonna : elle entendit un souffle. Un souffle calme, régulier.

« Ces plantes sont terrifiantes. »

Elle recula, observant avec effroi cette végétation étonnante.

C'est alors que retentit le cri terrifié de son frère.

– Au secours, elle me tient ! Elle me tient !

14

Jane poussa un hurlement et se retourna.
– Au secours, continuait Michaël.
En s'avançant vers son frère, Jane aperçut un petit animal qui trottinait sur le plancher. Elle éclata de rire, soulagée.
– Michaël, c'est juste un rat.
– Quoi ?
La voix de Michaël était perchée quelques octaves plus hautes que d'habitude.
– Il… il m'a agrippé la cheville et…
– Mais non, il a dû t'effleurer. Regarde-le.
– J'ai cru que c'était une plante, dit Michaël dont le visage blanc commençait à retrouver ses couleurs.
– Une plante à poils gris ! ironisa Jane.
Son cœur battait la chamade :
– Tu m'as tout de même fichu une sacrée trouille !
Le rat s'immobilisa plusieurs mètres plus loin. Puis il repartit.
– Comment… comment a-t-il pu entrer ici, articula

Michaël d'une voix chevrotante.
Jane haussa les épaules.
– Les rats se faufilent partout. Tu vois ce soupirail ? Ils doivent rentrer par là !
Michaël se lança à la poursuite du rongeur qui courait à présent entre les plantes enchevêtrées.
– Va-t'en, va-t'en !
– Laisse-le tranquille, fit Jane. Nous sommes ici pour vérifier si papa nous dit la vérité…
Elle marcha en direction des cabines en verre. Mais elle s'arrêta net. Elle avait entendu des bruits sourds, comme des coups tapés à une porte.
– Michaël ?
– Oui, ça vient du placard.
– Allons voir, dit Jane en frissonnant.
Malgré la chaleur intense, elle eut soudain très froid.
– Regarde, dit Michaël en désignant quelque chose sous la table de travail.
– Qu'est-ce que c'est ? demanda Jane.
Michaël s'approcha et retira un paquet froissé. Il le défit. À l'intérieur il y avait une veste bleu marine et une cravate rouge à rayures blanches.
– C'est à monsieur Martinez, s'étonna Michaël.
– Tu veux dire qu'il a oublié ses affaires ici ?
– S'il les avait oubliées, elles ne seraient pas enfouies sous la table !
Jane examina la veste. Puis elle passa la main sur la cravate en soie.
– As-tu vu monsieur Martinez quitter la maison hier après-midi ? s'inquiéta Michaël.

– Non. Mais il a dû partir, sa voiture n'est plus là.
– Oui, seulement, il a dit à papa que quelqu'un l'avait accompagné.
Jane leva les yeux vers le visage soucieux de son frère.
– Où veux-tu en venir ? Tu crois que monsieur Martinez n'est pas reparti ? Qu'il a été dévoré par une plante ? C'est ridicule !
– Alors pourquoi ses vêtements étaient-ils cachés ici ?
Jane n'eut pas le temps de répondre. Des pas lourds résonnèrent dans l'escalier.

15

Jane se hissa rapidement sur une table adossée au mur et se glissa à l'extérieur par le soupirail. Le passage était étroit, mais elle atteignit tout de même la pelouse. Puis elle se retourna pour aider son frère. L'air du dehors lui sembla frais en comparaison de celui du sous-sol. Essoufflés, Jane et Michaël s'accroupirent pour espionner par la petite fenêtre.

– C'est papa ? chuchota Michaël.

Jane n'eut pas besoin de lui répondre. Leur père avançait, balayant la pièce du regard.

– Pourquoi est-il revenu ? demanda Michaël.

– Chut ! fit Jane en portant un doigt à ses lèvres.

Puis elle se leva et entraîna Michaël vers la porte de la cuisine.

– Viens, dépêche-toi !

Juste au moment où ils pénétraient dans la pièce, leur père surgit du sous-sol, l'air embarrassé.

– Tiens, vous voilà !

– Oh ! Papa ! s'écria Jane en s'efforçant de paraître

naturelle. Tu as oublié quelque chose ?
– Il me manque des outils, dit-il en les dévisageant d'un air soupçonneux. Où étiez-vous passés ?
– Dans le jardin, s'empressa de rétorquer Jane. Nous sommes rentrés quand nous avons entendu la porte claquer.
Le docteur Brouwer secoua la tête, sceptique.
– Vous ne mentiez jamais avant. Je sais que vous êtes encore descendus. Vous avez laissé la porte grande ouverte.
– On… voulait seulement jeter un coup d'œil, mentit Michaël.
– Nous avons trouvé la veste et la cravate de monsieur Martinez, préféra avouer Jane. Que lui est-il arrivé, Papa ?
– Hein ?
La question sembla gêner le docteur Brouwer.
– Pourquoi a-t-il laissé sa veste et sa cravate en bas ? insista Jane.
– Monsieur Martinez a eu chaud. Je dois maintenir une température et un taux d'humidité très élevés en bas. Il s'est senti mal. Il a enlevé sa veste et sa cravate et les a laissées au moment de partir. Je crois qu'il a été très surpris par ce que je lui ai montré, continua-t-il en riant. Pas étonnant qu'il ait tout oublié. Je lui ai téléphoné ce matin. Je dois lui rapporter ses vêtements lorsque j'aurai terminé avec monsieur Henry.
Jane vit un sourire se dessiner sur le visage de Michaël.

Quel soulagement ! C'était si réconfortant de savoir que monsieur Martinez allait bien.
« Comme s'est terrible de soupçonner son propre père. »
C'était plus fort qu'elle. La peur l'envahissait chaque fois qu'elle le voyait.
– Je ferais mieux d'y aller, déclara le docteur Brouwer.
Il se dirigea vers la porte, portant les outils dont il avait besoin. Soudain, il s'arrêta.
– C'est la dernière fois que je vous le dis. Ne retournez plus jamais au sous-sol. Ça pourrait être dangereux. Vous pourriez le regretter amèrement.
La porte claqua.
« Est-ce un avertissement ou une menace ? » songea Jane.

16

Jane passa toute la matinée du samedi suivant à se promener à bicyclette avec Diana. Le soleil tapait fort malgré la brume matinale. Un vent rafraîchissant commençait à se lever. Des coquelicots et des bleuets bordaient la route qu'avaient empruntée les filles. Elles avaient l'impression de se trouver au bout du monde.

Après cette belle balade, Jane proposa à Diana de venir chez elle. Au moment où elles arrivaient dans l'allée, elles aperçurent le docteur Brouwer qui sortait sa voiture du garage. Il baissa la vitre, et sourit.

– J'ai une bonne nouvelle ! Ta mère arrive dans une demi-heure. Je vais la chercher à l'aéroport.

– Chouette ! se réjouit Jane.

« Je suis si heureuse. Ce sera bon de la revoir, de pouvoir me confier à elle, de lui expliquer… à propos de Papa. »

Afin de s'occuper un peu, Jane et Diana écoutèrent de la musique, feuilletèrent quelques magazines…

Soudain Diana se rendit compte qu'il était presque trois heures et qu'elle devait vite partir à sa leçon de piano. Elle sortit précipitamment de la maison et enfourcha sa bicyclette.
– Tu diras bonjour à ta mère de ma part, lança-t-elle en disparaissant dans l'allée.
Jane, qui l'avait accompagnée sur le pas de la porte, s'apprêtait à rentrer pour aller chercher un livre lorsque Michaël surgit en trombe d'un coin du jardin.
– Où sont nos cerfs-volants ?
– Je n'en sais rien, pourquoi ? Dis donc, tu sais que maman arrive dans un moment ?
– Super ! Nous avons juste le temps de faire voler nos cerfs-volants. Tu viens jouer avec moi ? Regarde, le vent souffle fort !
– D'accord, fit Jane. Où sont-ils ? Dans le garage ?
– Non, la dernière fois que je les ai vus, ils étaient à la cave. Sur une étagère. Ainsi que le filin. Je vais aller les chercher, dit-il en rentrant dans la maison.
– Je viens avec toi. Pas question que tu restes seul avec ces maudites plantes !
Comme la dernière fois, Michaël réussit à ouvrir la porte. Les deux enfants descendirent les escaliers et se retrouvèrent dans l'atmosphère chaude et étouffante du sous-sol.
Jane essayait de ne pas regarder les plantes qui semblaient se pencher bien bas sur leur passage. Elle marchait derrière son frère, les yeux rivés sur les étagères en métal, fixées sur le mur opposé. Elles étaient profondes et remplies de vieux jouets, de

jeux, d'équipements de sport, de tentes, de sacs de toute sorte. Michaël commença à fouiller partout sur les tablettes inférieures.

– Je sais qu'ils sont quelque part par là, dit-il en s'agenouillant pour mieux voir. Ah ! qu'est-ce que c'est que ça ? Il venait d'attraper un pantalon bleu marine et une paire de chaussures marron.

– Je n'arrive pas à y croire, souffla Jane.

La mine défaite, elle déroula le pantalon et aperçut un portefeuille en cuir noir qui dépassait de la poche arrière. Michaël l'ouvrit.

Ses mains tremblaient tandis qu'il regardait à l'intérieur. Il en retira une carte de crédit et lut le nom qui y était gravé.

– Elle appartient à monsieur Martinez, annonça-t-il la gorge nouée. Ce sont les vêtements de monsieur Martinez !

17

– Papa nous a menti, dit Michaël en fixant avec horreur ce qu'il tenait dans ses mains. Monsieur Martinez aurait pu partir sans sa veste, mais pas sans son pantalon et ses chaussures.
– Où est-il passé alors ? demanda Jane.
Michaël referma brusquement le portefeuille et secoua tristement la tête. Il ne répondit pas.
Au milieu de la pièce une plante semblait gémir.
– Papa nous a menti, répéta Michaël.
– Qu'allons-nous faire ? paniqua Jane.
La plante gémit de nouveau.
Puis un coup se fit entendre. Il semblait provenir du placard, comme l'autre jour.
– Qu'est-ce que c'est ? s'étonna Jane en regardant son frère.
Boum, boum, boum.
Les coups devenaient de plus en plus forts et de plus en plus insistants.
Boum, boum, boum…

– Je crois que quelqu'un est enfermé là-dedans ! s'exclama Jane.
– C'est sans doute monsieur Martinez, suggéra Michaël. Tu crois qu'on devrait ouvrir ?
La plante gémit encore, comme pour leur répondre.
– Oui. Si monsieur Martinez est vraiment dedans, il faut le sortir de là !
Michaël se dirigea rapidement vers le placard.
– Eh ! Regarde !
La porte était clouée à l'aide d'une planche en bois.
Boum boum, boum boum boum.
– Pas de doute, s'écria Jane. C'est lui. C'est monsieur Martinez !
– Je vais chercher de quoi ouvrir, dit Michaël.
Quelques secondes plus tard, il revint avec une pince et un marteau. Ensemble Jane et Michaël déclouèrent la planche qui tomba bruyamment par terre.
Boum boum boum….
Les coups étaient de plus en plus violents.
– Comment va-t-on faire pour l'ouvrir ? Elle est fermée à clé ! s'inquiéta Jane.
Michaël se gratta la tête d'un air pensif. Il avait très chaud et était en sueur.
– Je ne sais pas.
– Il faut la casser, proposa Jane.
Michaël trouva un pied-de-biche et l'inséra entre les deux battants. Mais, constatant qu'il ne se passait rien, il tenta de faire sauter les charnières.
– Elle… a bougé un peu, dit Jane en soufflant.

Ils essayèrent une nouvelle fois. Le bois se mit alors à craquer.
La porte céda enfin. Michaël laissa tomber le pied-de-biche. Tous deux regardèrent dans le placard. Horrifiés, ils poussèrent un cri en découvrant ce qu'il contenait.

18

Le cœur de Jane battait à tout rompre. Au bord du malaise, elle s'appuya contre le mur pour ne pas tomber.

– C'est immonde, murmura Michaël, tremblant.

Bouche bée, Jane et Michaël observaient les plantes étranges. Elles se penchaient, se tordaient, gémissaient, respiraient, soupiraient. Certaines se penchaient comme si elles voulaient les toucher. Les branches s'agitaient dans tous les sens.

Mais s'agissait-il bien de plantes ?

– Eh ! Regarde celle-là ! s'exclama Michaël en reculant. Elle a un bras !

– Oh !

Jane suivit le regard de Michaël. Son frère avait raison. Le spécimen, haut et feuillu, semblait avoir un bras vert qui était rattaché à sa tige. Elle constata que d'autres plantes avaient non seulement un bras, mais une main jaune à trois doigts, deux jambes courtes et épaisses…

Jane et Michaël hurlèrent en apercevant, au milieu d'un bouquet de larges feuilles, une tomate ronde et verte, avec un nez. Une bouche ouverte laissait échapper des gémissements et des soupirs lugubres.
– Sortons d'ici ! s'écria Michaël en saisissant la main de sa sœur et en l'écartant du placard. C'est… c'est épouvantable.
– Attends ! fit Jane en retirant sa main de celle de son frère. Regarde.
Derrière les plantes, on pouvait apercevoir deux pieds.
Jane s'approcha avec précaution.
– Sortons d'ici, supplia Michaël.
– Non. Il y a quelqu'un au fond.
– Hein ?
– Une personne, pas une plante, ajouta Jane.
Elle s'avança encore. Un bras vert et doux l'effleura.
– Qu'est-ce que tu fais ? dit Michaël d'une voix aiguë.
– Je dois aller voir de qui il s'agit !
Elle inspira profondément. Elle ne portait plus aucune attention aux plaintes, aux soupirs, aux bras verts qui voulaient la toucher et à la hideuse tomate qui grimaçait.
– Papa ! s'exclama-t-elle.
Le docteur Brouwer était couché au fond, les pieds et les mains solidement attachés. Sa bouche était bâillonnée par une large bande de papier adhésif.
– Jane…
Michaël était là, près d'elle.

– Oh non ! s'écria-t-il en baissant les yeux.
Le docteur Brouwer fixait ses enfants l'air suppliant.
– Mmmmmm ! fit-il en essayant désespérément de parler malgré son bâillon.
Jane commença à défaire les cordes qui retenaient son père.
– Non, arrête ! ordonna Michaël en lui agrippant les épaules.
– Qu'est-ce qui te prend ? rugit Jane. C'est Papa. Il…
– Ça ne peut pas être lui ! protesta Michaël. Papa est parti à l'aéroport, tu te souviens ?
– Mmmmmm !
– Je dois le libérer. Lâche-moi.
– Non, insista Michaël, regarde sa tête.
Leur père ne portait pas de casquette. Des feuilles vertes poussaient à la place de ses cheveux.
– « C'est un effet secondaire », ça ne te dit rien ? fit Jane.
Elle se pencha pour défaire les liens.
– Non ! Ne fais pas ça, l'implora Michaël.
– D'accord, je vais seulement retirer le papier adhésif.
Jane s'exécuta.
– Les enfants… je suis si content de vous voir ! Vite, libérez-moi !
– Comment t'es-tu retrouvé ici ? l'interrogea Michaël.
Il se tenait devant son père. Il l'avait tiré par les pieds hors du placard et le regardait, soupçonneux.
– Nous t'avons vu partir à l'aéroport.

– Ce n'était pas moi. Je suis enfermé ici depuis des jours.
– Hein ?
– Nous t'avons vu..., répéta Jane.
– Ce n'était pas moi, vous dis-je. C'était une plante. Une copie de moi-même. Je n'ai pas le temps de tout vous expliquer, ajouta-t-il. Délivrez-moi !
– Celui qui vit avec nous depuis le départ de maman est une plante ?
– Oui ! Je vous en prie, détachez-moi.
Jane se pencha encore, prête à le délivrer.
– Et qu'est-ce qui nous prouve que tu dis la vérité ? cria Michaël.
– Je vous raconterai tout ça plus tard, c'est promis. Dépêchez-vous. La vie de monsieur Martinez et la mienne sont en jeu. Il est ici également.
Étonnée, Jane regarda vers le mur du fond. Elle distingua une forme allongée derrière le tas de bois. Celle de monsieur Martinez. Il était étendu, pieds et poings liés, en chemise et caleçon. Un foulard lui bâillonnait la bouche.
– Je n'en peux plus, je le détache..., décida Jane.
Son père laissa échapper un soupir de reconnaissance. Michaël aida sa sœur à contrecœur.
Le docteur Brouwer se leva lentement, remua les jambes et plia ses genoux.
– Ça fait du bien, déclara-t-il en s'étirant.
Soudain, le docteur bouscula les deux enfants et se précipita à l'autre bout de la pièce.
– Où vas-tu ? demanda Jane.

– Tu as dit que tu nous expliquerais ! ajouta Michaël. Les enfants se lancèrent à sa poursuite, parmi les plantes qui gémissaient de plus belle.
– Je le ferai, je le ferai…, fit-il en s'avançant vers le tas de bois.
Jane et Michaël hurlèrent d'effroi en voyant leur père s'emparer d'une hache.
– Papa, qu'est-ce que tu fais ? bredouilla Jane.

19

Le docteur Brouwer arrivait sur Jane et Michaël, la hache à la main.
– Papa, je t'en prie, arrête, supplia Jane en se collant à son frère. Qu'est-ce que tu fais ?
– Ce n'est pas lui ! Il n'a pas de casquette ! cria Michaël. Je t'avais bien dit de ne pas le détacher !
– Si, c'est lui ! protesta Jane. Je sais que c'est lui !
Elle fixa son père, les yeux dans les yeux, attendant un signe d'approbation de sa part…
Mais rien ne vint. Le docteur Brouwer s'était figé et dévisageait les deux enfants. Il avait l'air troublé et menaçant à la fois. La hache luisait sous la lumière vive du plafond.
– Papa, dis quelque chose ! supplia Jane.
Avant qu'il ne puisse prononcer un mot, des pas retentirent dans l'escalier. Des pas lourds et rapides. Soudain, un autre docteur Brouwer apparut. Celui-ci portait une casquette. Il la remit bien en place et marcha, furieux, vers ses enfants.

– Qu'est-ce que vous faites ici ? Je vous avais interdit de redescendre !
Madame Brouwer arriva à son tour. Elle s'avançait vers Jane et Michaël, quand, tout à coup, elle s'arrêta, interdite.
– Non, hurla-t-elle, en apercevant le docteur à la hache. Non !
Horrifiée, elle cherchait à comprendre. Elle se retourna vers le docteur à la casquette qui l'avait amenée de l'aéroport.
– Qu'est-ce que vous avez fait, vous l'avez laissé sortir ? gronda ce dernier.
– C'est notre père, dit Jane d'une petite voix qu'elle reconnut à peine.
– C'est moi votre père, continua-t-il. Lui, c'est une plante.
Le souffle coupé Jane et Michaël reculèrent.
– C'est toi la plante, accusa le docteur à la hache.
– Il est dangereux, avertit le docteur à la casquette. Comment avez-vous pu le laisser sortir ?
Ne sachant qui croire, Jane et Michaël observaient tour à tour le docteur à la casquette et le docteur à la hache…
Lequel des deux était leur véritable père ?

20

– Ce n'est pas votre papa, protesta le docteur à la casquette. C'est une copie. En fait, une de mes expériences a mal tourné. J'ai dû l'enfermer dans le placard parce qu'il est dangereux.
– C'est toi le sosie, gronda l'autre, brandissant sa hache.
Jane et Michaël se regardaient, effrayés.
– Les enfants, qu'est-ce que vous avez fait ? se lamenta madame Brouwer.
Elle tenait sa tête entre les mains, horrifiée.
– Qu'est-ce qu'on a fait ! murmura Jane à son frère. Qu'est-ce qu'on peut faire ?
Jane remarqua qu'elle tremblait de la tête aux pieds.
– Il doit être détruit ! menaça le docteur à la hache.
– Pose ça, personne n'est dupe, répliqua le docteur à la casquette.
Le regard fiévreux, le visage écarlate, le docteur à la hache s'approcha de son ennemi. L'arme luisait, comme électrisée, sous la lumière des halogènes.

« Papa n'agirait jamais comme ça, pensa Jane. Comment avons-nous pu laisser sortir ce monstre du placard ? Maintenant il va tuer notre vrai père... notre mère aussi ! Et nous ensuite... Que faire ? »
Poussant un rugissement, Jane bondit sur le docteur à la hache et la lui arracha.
– Recule. Recule immédiatement.
– Rends-la-moi, fit ce dernier, tu ne sais pas ce que tu fais !
– Dieu merci, intervint le docteur à la casquette. Il faut de nouveau l'enfermer dans le placard. Il est trop dangereux.
Et il ordonna à Jane :
– Donne-moi cette hache.
Jane hésita.
– Donne-moi cette hache, répéta-t-il, furieux. Jane se tourna vers sa mère.
– Que dois-je faire, Maman ?
Madame Brouwer haussa les épaules, impuissante.
– Je... je n'en sais rien, bredouilla-t-elle.
– Princesse, ne la lui donne pas, dit doucement l'autre docteur maintenant désarmé.
Il regardait Jane dans les yeux.
« Il m'a appelée Princesse. Celui qui a la casquette ne l'a pas fait une seule fois ! Ça veut dire que celui qui se trouvait dans le placard est mon véritable père ? Je n'y comprends plus rien... »
– Tu vas me la donner, oui ou non, cette hache ? répéta le docteur à la casquette.
– Reculez, reculez tous les deux, hurla Jane.

« Lequel est mon père ? Lequel ? Mais lequel ? »
Ses yeux allaient de l'un à l'autre. Elle remarqua que les deux hommes portaient le même bandage à la main droite. Elle eut une idée.

– Michaël, apporte-moi les ciseaux accrochés là-bas, vite.

Son frère se précipita vers le mur, les attrapa et les tendit à sa sœur.

Celle-ci les saisit précipitamment.

– Jane, qu'est-ce que tu veux faire ? s'inquiéta le docteur qui n'avait plus de hache.

Il parut soudain effrayé.

– Quelque chose, répondit Jane en le fixant.

Elle inspira profondément et avança.

Sans prévenir, elle lui planta la pointe des ciseaux dans le bras.

21

– Aïe ! rugit-il.
Quelques gouttes de sang rouge coulèrent.
– C'est lui notre vrai père, cria Jane, soulagée. Tu vois, Michaël, j'avais raison. Celui que nous avons libéré du placard est bien Papa.
– Tu te trompes, Jane, répliqua le docteur à la casquette. Tu t'es fait avoir ! Il t'a roulée.
L'autre docteur s'empara de la hache que sa fille lui tendait. Il l'éleva et frappa son sosie de toutes ses forces. Le docteur à la casquette poussa un faible cri lorsque la hache s'abattit sur lui.
Un épais liquide vert jaillit de sa plaie. Son corps tomba sur le sol, inerte.
Jane s'approcha. Elle constata avec soulagement que le double de son père s'était transformé en une simple tige qui n'avait plus ni bras ni jambes.
– Tout va bien, Princesse, s'écria le docteur Brouwer en jetant la hache par terre. Tu as deviné !
– Ce n'était pas une devinette ! protesta Jane en se

jetant dans ses bras. Un soir, dans la salle de bains, je l'ai vu nettoyer sa blessure. Un liquide vert s'écoulait de sa main. Je m'en suis souvenue tout à l'heure en voyant vos deux bandages. C'est là que j'ai pensé : je reconnaîtrai mon véritable père à la couleur de son sang.

– Nous sommes tous sains et saufs, se réjouit madame Brouwer.

Tous les quatre s'embrassèrent tendrement, avec émotion.

– Il nous reste quelque chose d'important à faire, déclara le docteur Brouwer en enlaçant ses deux enfants. Allons libérer monsieur Martinez.

Malgré leur fatigue, Jane, Michaël et leur père racontèrent à madame Brouwer tout ce qui s'était passé durant son absence, dans les moindres détails.

Monsieur Martinez fut invité à dîner. Après que le docteur Brouwer lui a tout expliqué, il promit :

– Vous avez peut-être besoin d'aide au sein d'un laboratoire pour mener vos recherches. J'ai la conviction aujourd'hui que vous avez fait des découvertes historiques. Mais vous avez besoin d'un environnement structuré. J'en glisserai un mot aux membres du conseil…

Un peu plus tard, le docteur Brouwer disparut dans le sous-sol. Il en remonta longtemps après, épuisé et l'air grave.

– J'ai détruit la plupart des plantes, expliqua-t-il en se laissant tomber dans un fauteuil. Il le fallait. Elles souffraient trop. Je supprimerai les autres après.

– Toutes les autres ? avança timidement madame Brouwer.
– Non. Je planterai celles qui sont normales dans le jardin ! Seulement quelques-unes !

Le lendemain matin, au petit déjeuner, le docteur Brouwer trouva enfin le courage de raconter à sa famille ce qui s'était réellement passé.
– L'ADN des plantes me permettait d'en fabriquer de nouvelles. Un jour, je me suis accidentellement entaillé la main. Je n'ai pas remarqué tout de suite que des gouttes de mon sang s'étaient mélangées à des molécules végétales que j'utilisais. Lorsque j'ai allumé mon appareil électronique, elles se sont liées aux miennes pour créer *quelque chose* en partie humain, en partie végétal.
– C'est dégoûtant, fit Michaël en recrachant une cuillerée de corn flakes.
– Je suis un scientifique, dit le docteur. Pour moi, ça n'avait rien de dégoûtant. J'étais tellement excité lorsque j'ai compris que j'avais le pouvoir d'inventer de nouvelles créatures !
– Tu veux parler de ces plantes avec des visages ? demanda Jane.
Son père acquiesça.
– Je les créais en greffant des tissus humains sur des tissus végétaux. Puis je les enfermais dans le placard. Je me suis vite rendu compte qu'elles avaient mal et qu'elles étaient malheureuses. Mais j'étais incapable de m'arrêter. C'était trop passionnant.

– Tu ne m’as rien dit à propos de tout ça, bouda madame Brouwer.
– Je ne pouvais en parler à personne. Un jour, je suis allé trop loin. J’ai créé une plante qui était ma copie conforme. Elle me ressemblait, parlait comme moi. Elle avait même mon cerveau, mon esprit…
– Seulement, elle avait gardé des réflexes de plante ! interrompit Jane. Elle mangeait de l’engrais…
– Elle avait des défauts, mais elle était suffisamment rusée pour m’enfermer dans un placard, prendre ma place et continuer mes expériences. Lorsque monsieur Martinez est arrivé à l’improviste, elle l’a ligoté et bâillonné afin de préserver son secret.
– Et les feuilles sur la tête, c’était un de ses défauts ? demanda Michaël.
– Oui. Elle était presque identique à moi, presque humaine.
– Papa, dit Jane en désignant la tête de son père. Toi aussi tu as des feuilles qui poussent.
– C’est vrai, reconnut-il en levant la main pour en arracher une. C’est vraiment laid, n’est-ce pas ?
Tout le monde approuva.
– Après m’être blessé la main, j’ai perdu tous mes cheveux et des feuilles ont commencé à pousser. Ne vous inquiétez pas. Elles tombent déjà et je crois que mes cheveux repousseront.
Jane et Michaël applaudirent.
– J’espère que tout va redevenir normal dans cette maison, dit madame Brouwer en souriant à son mari.
– Plus que normal, répondit-il, l’air radieux. Si mon-

sieur Martinez arrive à convaincre le conseil de me redonner mon emploi, je viderai entièrement le sous-sol. J'y aménagerai la plus belle salle de jeux que vous ayez jamais vue.
À ces mots, le docteur Brouwer se leva.
– Où pars-tu ? lui reprocha son épouse.
– Je veux en finir avec ces horribles plantes. J'ai hâte que cet épisode affreux soit terminé, à jamais.

Cela prit au docteur presque une semaine. La plupart des plantes avaient été brûlées dans le jardin. Seules quelques fleurs avaient été repiquées dans les massifs. L'équipement du sous-sol avait été démonté et transporté à l'université. Un samedi, la famille Brouwer acheta une table de billard destinée à la nouvelle salle de jeux.
« C'est tellement paisible, pensa Jane le lendemain matin en se promenant dans le jardin. Si paisible et si magnifique… »
Son sourire se figea. Quelqu'un venait de murmurer à ses pieds.
– Jane…
Elle baissa les yeux et aperçut une pâquerette qui lui frôlait la cheville.
– Jane, aide-moi. Je suis ton père. Ton véritable père !

FIN

EXTRAIT

Et pour avoir
encore la

Chair de poule®

lis
ces quelques pages de

LA TOUR DE LA TERREUR

M. Starkes nous fit descendre quelques marches glissantes qui débouchaient sur une grande salle faiblement éclairée.
Il me fallut un petit moment pour m'habituer à la pénombre. L'air sentait la poussière et le moisi. Il faisait chaud, ce qui me surprit, et je déboutonnai mon duffle-coat.
Je distinguai quelques vitrines contre un mur. M. Starkes se dirigea vers une grande structure de bois, au centre de la pièce.
– Le chevalet, annonça-t-il.
Une exclamation m'échappa. Un vrai chevalet ! Je n'avais vu ce genre d'instrument de torture qu'au cinéma.
– On obligeait la victime à s'allonger ici, expliqua M. Starkes. On lui ligotait les bras et les jambes avec des sangles reliées à cette grande roue de bois.
Il pointa son drapeau sur la roue, l'œil brillant.

– Quand on faisait tourner la roue, les sangles se tendaient, se tendaient, tirant de plus en plus fort sur les membres du malheureux, qui finissaient par jaillir de leurs articulations C'était un horrible supplice.
Mon frère avait l'air pétrifié. J'imaginai un instant la scène. Quelqu'un était étendu là, hurlant de douleur. J'entendais les craquements de la roue qui le martyrisait.
Cela me devint très vite insupportable, et je chassai cette vision de mon esprit.
Levant la tête, je repérai une silhouette sombre de l'autre côté du chevalet : un individu de haute taille, aux très larges épaules, enveloppé dans une longue cape noire et coiffé d'un chapeau à large bord.
Ses yeux luisaient dans l'ombre.
Était-ce moi qu'il dévisageait ainsi ? Je donnai un petit coup de coude à Eddie.
– Tu vois cet homme, là-bas ? chuchotai-je. Celui qui est tout en noir ? Fait-il partie de notre groupe ?
Eddie secoua la tête.
– Je ne l'ai jamais vu, me répondit-il. Il a l'air bizarre. Pourquoi nous fixe-t-il comme ça ?
Le grand homme abaissa son chapeau sur son front, dissimulant son regard. Il recula et se fondit dans la pénombre.
M. Starkes continuait de parler du chevalet. Il nous

demanda s'il y avait des volontaires pour l'essayer, ce qui fit rire tout le monde.

« Il faut que je prenne une photo de ce machin, me dis-je. Mes amies vont être épatées. »

Je plongeai la main dans la poche de mon duffle-coat et poussai un cri de déception.

– Zut !

Je fouillai en vain mon autre poche.

L'appareil avait disparu !

– Eddie ! J'ai perdu mon appareil-photo ! Il…
Je m'interrompis en voyant le sourire malicieux qui éclairait son visage. Il me montra sa main, paume ouverte — l'appareil était dedans.
– Le roi des pickpockets a encore frappé, déclara-t-il.
Je lui donnai une bourrade qui l'envoya valser contre le chevalet. Il éclata de rire. Eddie adore subtiliser les objets, c'est son jeu favori. Il s'exerce tout le temps.
– La main la plus rapide et la plus légère du monde ! se vanta-t-il en balançant l'appareil sous mes yeux.
Je le lui arrachai.
– Tu es odieux, Eddie.
Je ne sais pas pourquoi il aime tellement se faire passer pour un voleur à la tire, mais je dois reconnaître qu'il est très habile. À aucun moment je n'avais senti sa main frôler ma poche !
J'allais lui dire ma façon de penser quand M. Starkes

agita son drapeau pour entraîner le groupe dans la pièce suivante.

Tandis que nous nous dépêchions de rattraper les autres, je jetai un coup d'œil du côté de l'homme à la cape noire. Il se déplaçait derrière nous, le visage toujours caché sous le large rebord de son chapeau. Je ressentis comme un pincement de frayeur au creux de la poitrine. Cet homme étrange nous suivait-il, Eddie et moi ? Non, c'était probablement un simple touriste.

Je continuais de l'observer de temps à autre tout en me promenant devant les instruments exposés le long des murs. L'homme ne semblait pas s'y intéresser du tout. Il restait tapi dans l'ombre — et ne nous quittait pas des yeux !

– Regarde, dit Eddie en m'attirant devant une étagère. C'est quoi, ces machins ?

– Des poucettes, répondit M. Starkes dans notre dos. Il en cueillit une.

– Ça ressemble à une grosse bague, et ça se mettait autour du pouce, comme ça.

Il inséra son pouce dans l'anneau de métal et leva la main afin que tout le monde puisse voir.

– Sur le côté de l'anneau, il y a une vis. Au fur et à mesure qu'on serrait cette vis, elle s'enfonçait dans le pouce.

– Ouille ! fis-je.

EXTRAIT

– Oui, c'était très désagréable, opina gaiement M. Starkes. Toute cette pièce est remplie d'instruments fort vicieux.
– Je n'arrive pas à croire que quelqu'un s'est donné la peine d'inventer des choses pareilles, murmura Eddie.
Sa voix tremblait.
– On devrait essayer une de ces poucettes sur toi ! dis-je pour le taquiner.
Je ne résiste pas à l'envie de le secouer parfois. C'est plus fort que moi.
Je tendis la main vers une autre étagère et saisis une paire de menottes. Elles étaient très lourdes, et hérissées de pointes acérées à l'intérieur.
– Sue ! Pose ça, chuchota Eddie, affolé.
J'en enfilai une autour de mon poignet.
– Tu vois, Eddie, quand on la referme, les pointes de métal te rentrent dans le poignet et…
La menotte se ferma soudain avec un déclic sonore. Je me mis à gémir de douleur et tentai frénétiquement de la retirer.
– Aaaaïe ! Au secours, Eddie ! Je n'arrive pas à l'enlever ! C'est horrible ! J'ai mal ! J'ai mal !

Un murmure terrifié s'échappa de la gorge d'Eddie. Ses yeux exorbités fixaient la menotte autour de mon poignet.
– Aide-moi, Eddie, je t'en prie ! Sors-moi de là !
Mais mon frère, devenu livide, semblait paralysé.
Incapable de garder mon sérieux plus longtemps, je retirai la menotte en éclatant de rire :
– Je t'ai eu, moi aussi ! Ça, c'est pour m'avoir piqué mon appareil-photo. Maintenant, nous sommes à égalité.
– Je… je…, bégaya Eddie.
Il me lança un regard noir.
– C'est stupide, Sue, articula-t-il enfin. Je croyais que tu t'étais blessée. Ne me fais plus jamais ça, s'il te plaît.
Je me contentai de lui tirer la langue. Pas très malin comme réaction, je sais. Mais Eddie ne fait pas toujours ressortir le meilleur côté de ma personnalité.
La voix de M. Starkes retenti au loin :

– Par ici, s'il vous plaît !
Notre petite troupe se précipita vers lui.
– Nous allons à présent monter dans la tour, annonça notre guide. Comme vous le verrez, l'escalier est étroit et plutôt raide. Nous effectuerons donc notre ascension en file indienne. Soyez prudents.
Il baissa sa tête chauve pour passer sous une arche, et tout le monde le suivit à la queue leu leu. Eddie et moi étions les bons derniers.
L'escalier faisait penser à un tire-bouchon sans fin. Ses marches lisses et luisantes d'usure étaient si abruptes qu'il me fallait m'appuyer au mur pour garder l'équilibre.
J'essayai de m'imaginer un cortège de prisonniers forcés de grimper ainsi jusqu'au sommet de la tour, leurs genoux s'entrechoquant de peur.
Eddie progressait lentement au-dessus de moi.
– Il fait trop sombre, se plaignit-il à mi-voix. Dépêche-toi, Sue. Ne lambine pas.
Au bout de ce qui me sembla une éternité, le groupe s'arrêta sur un palier au fond duquel on distinguait une cellule entourée de barreaux de fer.
– Cette cellule était réservée aux prisonniers politiques et autres ennemis du roi, nous révéla M. Starkes. Vous constaterez qu'elle n'avait aucun confort. La cage métallique ne contenait qu'un petit banc de pierre et une table en bois.

– Qu'arrivait-il à ces prisonniers ? s'enquit une femme aux cheveux blancs. Je suppose qu'ils restaient là-dedans pendant des années ?
– Non, répondit M. Starkes. On les décapitait.
Un frisson me parcourut. Je m'approchai des barreaux de la cage et regardait à l'intérieur.
« Des gens se sont assis à cette table pour écrire un ultime message, me dis-je. Ils ont fait les cent pas dans cet espace réduit en attendant la mort. »
Je jetai un coup d'œil sur mon frère. Je le sentais tout aussi choqué que moi.
– Nous n'avons pas atteint le sommet de la tour, déclara M. Starkes. Continuons, s'il vous plaît.
Cette fois, les marches de pierre étaient encore plus raides. Tout en m'efforçant de ne pas tomber, j'eus soudain une impression étrange — le sentiment que je connaissais cet endroit, que j'avais déjà grimpé cet escalier tortueux.
Naturellement, c'était impossible. Eddie et moi n'avions jamais mis les pieds à Londres auparavant. L'impression persista tandis que notre groupe s'entassait dans la minuscule chambre ronde où s'achevait notre ascension. Avais-je vu cette tour dans un film ? En avais-je vu des photos dans un magazine ? Pourquoi me semblait-elle si familière ?
Je secouai la tête pour revenir à la réalité et regardai autour de moi.

Une petite ouverture carrée, là-haut, laissait filtrer un rai de lumière grise à travers ses barreaux. Les murs étaient nus, parsemés de fissures et de taches de poussière. Il suffisait de lever la main pour toucher le plafond — de sorte que M. Starkes et plusieurs autres adultes devaient courber la tête.

– Sentez-vous la tristesse qui imprègne ces lieux ? interrogea doucement notre guide.

Je me rapprochai pour mieux l'entendre.

– Au début du XVe siècle, deux enfants royaux furent emprisonnés dans cette partie de la tour, dit-il. Il s'agissait de la jeune princesse Susannah d'York et de son frère, le petit prince Edward.

M. Starkes promena son drapeau rouge autour de lui et toute le monde suivit son geste du regard.

– Imaginez. Deux enfants arrachés à leur foyer. Enfermés dans ce sinistre cachot au sommet d'une tour.

Sa voix était à peine plus qu'un murmure.

J'eus froid, tout à coup, et me blottis dans mon duffle-coat. Eddie, fasciné, buvait les paroles de M. Starkes.

Celui-ci poursuivit :

– Une nuit, l'exécuteur des hautes œuvres — le bourreau du royaume — et ses sbires grimpèrent silencieusement l'escalier de la tour. Ils avaient reçu l'ordre d'étouffer le prince et la princesse dans leur

sommeil, afin de les empêcher l'un comme l'autre d'accéder au trône.
M. Starkes ferma les yeux un moment. Un lourd silence régnait dans la pièce. Personne ne bougeait. Personne ne parlait. On n'entendait que le bruit du vent à travers la petite fenêtre au-dessus de nos têtes. Je fermai les yeux à mon tour. Je voyais le jeune garçon et sa sœur. Abandonnés, tremblants de peur et de froid. S'efforçant vainement de trouver le sommeil. Soudain, la porte s'ouvre à la volée. Des inconnus font irruption dans la pièce. Ils ne prononcent pas un mot. Ils se jettent sur le prince et la princesse pour les étouffer sous leurs oreillers.
« Cela s'est passé ici même, me dis-je. À l'endroit où je me trouve. »
Je rouvris les yeux. Eddie me dévisageait, l'air profondément troublé.
– C'est… c'est effrayant, Sue, me chuchota-t-il.
– Oui. Je sais.
Je voulus poser une main rassurante sur son épaule ; ce faisant, mon appareil-photo m'échappa et heurta le sol avec fracas juste au moment où M. Starkes reprenait le fil de son récit. Je me baissai pour le ramasser.
– Oh, Eddie, regarde ! L'objectif est cassé !
– Chut ! Laisse-moi écouter !
– Mais mon appareil…

– Qu'est-ce qu'il a dit ? demanda Eddie.
– Désolée. Je n'ai pas entendu non plus.
J'enfouis l'appareil dans ma poche, dépitée. L'ameublement du cachot se réduisait à un lit bas le long du mur — en fait, une estrade de bois — et un tabouret à trois pieds. Je m'approchai avec curiosité. Le prince et la princesse avaient-ils grimpé là-dessus pour regarder désespérément par la fenêtre ?
Tout cela était accablant.
Des marques sur le mur captèrent mon attention. Une inscription ? Un message ?
Je me penchai pour les examiner.
Non. Seulement quelques vieilles craquelures.
Eddie me tira par la manche.
– Sue ! Allez, viens, maintenant.
– D'accord, d'accord, répondis-je avec impatience.
Je levai les yeux vers la fenêtre. Le rai de lumière blafarde faiblissait de plus en plus. Dehors, il devait commencer à faire noir.
Soudain, il me sembla que les murs de pierre se refermaient sur moi. J'étais comme dans un placard, un placard sombre et effrayant. J'avais l'impression d'étouffer.
Était-ce là ce que la princesse avait ressenti ?
La même angoisse, le même malaise, quinze siècles plus tôt ?
Je poussai un soupir et me tournai vers Eddie.

EXTRAIT

– Sortons d'ici, lui dis-je d'une voix enrouée. Cette pièce me donne le cafard.

Mais en nous dirigeant vers l'escalier, nous laissâmes échapper une exclamation de surprise.

M. Starkes et le groupe avaient disparu !

– Où sont-ils passés ? s'affola Eddie. Ils nous ont oubliés !
– Ils doivent être dans l'escalier, dis-je en le poussant gentiment devant moi. Allez, on y va.
Eddie résista.
– Toi d'abord.
– Tu n'as pas peur, j'espère ? Perdu, abandonné dans la Tour de la Terreur...
J'ignore pourquoi j'aime tant taquiner mon petit frère. Je savais qu'il avait peur. Je ne me sentais pas très rassurée moi-même. Mais, comme je l'ai déjà dit, c'est en général plus fort que moi.
Je descendis donc la première. À mes pieds, l'escalier se perdait dans un trou noir.
– Comment se fait-il qu'on ne les a pas entendus partir ? demanda Eddie. Pourquoi ont-ils filé si vite ?
– Il est tard, répondis-je. Je pense que M. Starkes doit être pressé de voir son troupeau remonter dans le

car et de raccompagner les gens à leur hôtel. La tour ferme à cinq heures, si mes souvenirs sont bons.

Je consultai ma montre. Il était cinq heures vingt.

– Alors, dépêchons-nous, Sue. Je ne veux pas passer la nuit dans cet endroit. Il me donne la chair de poule.

– À moi aussi, avouai-je.

M'efforçant de percer l'obscurité, j'accélérai le pas — au risque de me rompre le cou. Je prenais toujours appui contre le mur pour ne pas perdre l'équilibre.

– Mais où sont-ils ? demanda nerveusement Eddie. Ils ne font pas le moindre bruit.

Une pâle lumière jaunâtre éclairait le palier au-dessous de nous. Ma main traversa quelque chose de soyeux et collant à la fois. Des toiles d'araignée. Beurk.

J'entendais la respiration saccadée d'Eddie derrière moi.

– L'autocar nous attendra, dis-je. Reste calme. M. Starkes ne partira pas sans nous.

Il se mit à hurler tout à coup, me faisant tressaillir :

– Ohé ! Vous êtes là ? Répondez !

L'écho de sa voix aiguë se répercuta le long des murs de pierre.

Silence.

– Et les gardiens ? demanda-t-il. Il n'y a pas de gardiens, là-dedans ?

– Eddie, je t'en prie, ne t'énerve pas. Les gardiens sont sans doute rentrés chez eux. Mais M. Starkes nous attend en bas, j'en suis certaine.
En arrivant sous la lumière blafarde du palier, je distinguai la cellule aux barreaux de fer que nous avions déjà vue.
– Ne t'arrête pas, supplia Eddie. Continue, Sue ! Vite !
Je le rassurai :
– Tout ira bien, je te le promets. Nous sommes presque dehors.
– Tu parles ! protesta-t-il. Regarde !
Il me montrait quelque chose du doigt, et je compris aussitôt ce qu'il voulait dire. Il y avait deux escaliers menant au rez-de-chaussée — l'un à gauche de la cellule, l'autre à droite.
– C'est étrange, murmurai-je en fronçant les sourcils. Je ne me souvenait pas d'un deuxième excalier.
– Le...lequel est le bon ? bégaya Eddie.
J'hésitai.
– Je n'en suis pas sûre.
Je m'approchai de celui de droite. Les marches tournaient à un angle si brusque qu'on ne voyait pss grand-chose.
– Lequel ? répéta Eddie. Lequel ?
– Je crois que ça n'a pas d'importance. En fait, ils descendent tous les deux vers la sortie, pas vrai ?

Je lui fis signe de me suivre.
– Viens. À mon avis, c'est celui-là que nous avons pris pour monter.
Je mis le pied sur la première marche — et m'immobilisai aussitôt.
J'entendais des pas. Les pas pesants de quelqu'un qui grimpait vers nous.
– Qui est-ce ? chuchota Eddie en me prenant la main.
– Probablement M. Starkes qui vient nous chercher !
Il poussa un long soupir de soulagement.
– M. Starkes ? appelai-je. C'est vous ?
Silence, à l'exception du bruit de pas qui se rapprochaient peu à peu.
– M. Starkes ?
Une silhouette sombre émergea au tournant de l'escalier, m'arrachant un cri de stupeur. Ce n'était pas M. Starkes, mais le grand inconnu à la cape noire.

Il s'arrêta sur la dernière marche. Ses yeux étincelaient comme des charbons ardents sous son chapeau baissé.
– Est-ce que ce... cet escalier mène bien à la sortie ? bégayai-je.
Pas de réponse.
Il ne bougeait pas. Impossible de distinguer ses traits

noyés dans l'ombre. Je ne voyais que la lueur de son regard plongé dans le mien.
Je fis une nouvelle tentative ;
– Heu… Nous avons perdu les autres. Ils doivent nous attendre. C'est bien par là qu'on descend ?
Il se taisait toujours, bloquant la sortie.
– Monsieur ? Mon frère et moi…
Il leva la main. Une large main gantée de velours noir.
– Vous allez venir avec moi maintenant, grogna-t-il. Je le regardai sans comprendre.
– Vous allez m'accompagner, répéta-t-il. Je ne veux pas vous faire de mal, mais si vous essayez de vous sauver, je n'aurai pas le choix.
Eddie pourra un cri aigu quand l'homme s'avança vers nous.
C'est alors que je crus deviner de quoi il s'agissait.

Découvre vite la suite de cette histoire
dans

LA TOUR DE LA TERREUR

N° 18 de la série

Chair de poule®

Chair de poule®

1. La malédiction de la momie
2. La nuit des pantins
3. Dangereuses photos
4. Prisonniers du miroir
5. Méfiez-vous des abeilles
6. La maison des morts
7. Baignade interdite
8. Le fantôme de la plage
10. La colo de la peur
13. Le loup-garou des marécages
14. Le pantin maléfique
15. L'attaque du mutant
16. Le fantôme d'à côté
17. Sous-sol interdit
18. La tour de la Terreur
19. Leçons de piano et pièges mortels
21. Terreur sous l'évier
22. La colère de la momie
24. L'horloge maudite
25. Le parc de l'Horreur
26. La fille qui criait au monstre
27. Comment ma tête a rétréci
28. La rue maudite
29. Le fantôme décapité
30. Alerte aux chiens
32. Les fantômes de la colo
33. La menace de la forêt
34. Comment tuer un monstre
35. Le coup du lapin
36. Jeux de monstre
37. Nuits de cauchemar
38. Des appels monstrueux
39. Le souffle du vampire
45. Danger, chat méchant !
46. La bête de la cave
47. L'école hantée
49. Terrible internat
50. La peau du loup-garou
51. Le jumeau diabolique
52. Un film d'horreur
53. L'attaque des spectres
54. La fête infernale
55. L'invasion des extraterrestres, 1
56. L'invasion des extraterrestres, 2
57. Le manoir de la terreur
58. Cauchemars en série
59. Ne réveillez pas la momie !

60. Un loup-garou
dans la maison
62. Retour au parc
de l'horreur
63. Concentré de cerveau
64. Sous l'œil de l'écorcheur
66. Mort de peur
67. La voiture hantée
68. La fièvre
de la pleine lune
69. Kidnappés dans l'espace !
70. L'Attaque des œufs
de Mars
71. Frissons en eau trouble
72. Les Vacances
de l'angoisse
73. La Nuit des disparitions
74. Le Fantôme du miroir

JACK BLACK
Chair de poule
le film
LE 20 JUIN EN TÉLÉCHARGEMENT
PRÉCOMMANDEZ DÈS MAINTENANT
Disponible sur iTunes
LE 6 JUILLET EN DVD, BLU-RAY ET BLU-RAY 3D

Imprimé en Allemagne
par CPI-Clausen & Bosse